作者近影

# 写在雪地的脚印里

徐景权 著

百花洲文艺出版社
BAIHUAZHOU LITERATURE AND ART PRESS

# 自　序

40多年前，我带着山乡田野的泥土，走进城市机器轰鸣的工厂；几年后，又带着车间机床的油迹，走进军营，本是拿"枪"的，却握起了笔。

这一"握"就基本没有放下。早年在部队从事新闻工作，"百万大裁军"中，转业到地方宣传部门，主要还是与文字打交道，前些年调到出版单位任职，也还算是"归队"。

就这么干到了今天。在职场上，所写的大都是些新闻、文件、材料和领导讲话等"保饭碗"、对一个地方或一个单位很重要而对于一个作者来说却没有什么"味道"的文字。还好，我对文学有爱好。我把因工作关系接触到的一些人与事以及自己对人生对社会生活的体验与感受写成自认为有点"味道"的文字，包括报告文学、散文、特写等多种样式，这就形成了现在这本集子。

集子里的作品，都在中央和省级报刊上发表过。既有上世纪70年代的"旧品"，也有近期新作，时间跨度近40年。有的作品，属"重大题材"，如报告文学《为贺子珍寻儿记》、《新中国惩腐第一枪》、《9·13凌晨：在尾随林彪出逃的直升飞机上》，这些事件，为世人所关注，曾在国内外产生重大影响；《飞向光明》和《李大维少校：为祖国统一而来》两文，是上个世纪80年代初期台湾国民党少校飞行员黄植诚、李大维先后驾机飞回祖国大陆的真实记录。这两位飞行员个人的"重大行动"，立刻成了世界的"重大新闻"，对当时的大陆和台湾以及两岸民众的心里都产生了极大的震动。这两起"大事"发生时，我既是目击者也是采访者，当时我以最快的速度写出稿件，将其"回归"过程及其随后的一些系列活动和细节告诉世人。这，是我的职责。

集子里的一组散文，抒发了我对亲情、友情的真情实感，展现了我对社会对人生的关注与思考。《女儿，今年你已十八岁》和《未来在于"现在"》是写给女儿的两封长信。信中与女儿谈理想、谈社会、谈人生、谈做人做事，我以为，这两封长信不仅仅是写给女儿的，从一定意义上讲，是各具鲜明时代特征的50后与80后两代人的思想沟通与交流，是作为"过来人"的50后"说"给正在"成长"的80后"听"的，是写给80后这一代人的。作品是否体现了作者意图，那只有让读者品评了。其余各篇，有我对父亲的深情怀念，也有对战友以及对一些难以忘却的往事的追怀，篇幅或长或短，都是自己思想情感自然与真实的流露。

从军的生涯是我永远的感念。军营一片绿色，绿色象征着希望。在"火红"的70年代，亿万中国青年把当兵作为第一理想，部队聚集了大批优秀人才，空军更是一个人才辈出的战斗集体。我在人民空军工作生活了十几年，对空军有着挥之不去的特殊情结。我把最美好的青春年华献给了捍卫祖国蓝天的人民空军，而蓝天下穿绿上装、蓝裤子的军营生活给了我丰厚的馈赠，锻造了我"军人性格"和"军人刚肠"，我为自己生命中有一段当兵的经历而骄傲。在部队时，我接触过空军航空兵、导弹、雷达、高炮等诸多兵种，写过一些表现这些部队训练生活的文字，有些"活动"我随军与部队基层官兵一道参与了全过程。军营的那段时光，正值青春年少，意气风发豪迈，颇有"心怀家国天下"之激情豪情。在收集、整理有关文稿时，我依然"心在跳"、"情在烧"。我把《勇者脚下必有路》、《导弹跨海》、《导弹即将腾空》等表现侦察航空兵和导弹特种兵部队训练生活的几篇特写一并收进本书，借以表达我永远的军人情怀。

以上所写，对自己的情况及本书作品作了简要介绍和说明，权作自序。

2014年10月26日夜于南昌红谷滩

# 目 录 *mulu*............................................................

## 人生是个万花筒

## 细说心语

## 筑起蓝天长城

人生是个万花筒

# 为贺子珍寻儿记

1954年秋。北京，正是西山红叶火焰般燃烧的时候。

这天，坐落在大栅栏鲜鱼口的中共中央组织部招待所——一座常人看来颇为高雅豪华，专供全国各大单位组织干部下榻的寓所——迎来了两位极其普通的乡下"客人"：一位中年妇女和一个青年小伙。那中年妇女个儿矮小，大自然的风雨在她脸上留下的黝黑暗红的染色以及那身浆洗得干净硬朗的蓝布大襟衣，表明她是个地道的勤劳而朴实的农村妇女。那青年小伙叫她"奶奶"，是母子关系，但又让人感到有些异样。他个儿大，一头乌发发脚生得很后，露出一个宽大方正的额头，相貌令人眼熟。

他们来自遥远的革命战争年代曾有"红都"之称的江西瑞金

县的一个小山庄。

可是，这两个貌不惊人、普通得令人似乎不屑一顾的乡下人的到来，却引出了一系列令人惊讶的情景，他们受到了几乎比来访的外宾还要引人注目的礼遇：

中组部部长安子文前来看望母子俩并与他们亲切交谈。

接着，几位中央领导及夫人大驾亲临，与他们相见，他们在仔细地端详那青年后，都连连说："像，很像毛毛！"……

这个被大家称为很像"毛毛"的青年名叫朱道来，他是从上海贺子珍那里来京的。

朱道来的照片转送到了毛泽东手里。毛泽东仔细辨认后虽没有说什么肯定的意见，但也传下话来，说："这孩子很像年轻时的毛泽覃！"

几乎是毫无疑问的了：朱道来就是当年毛泽东和贺子珍遗落在江西苏区的"小毛毛"……

然而，正当大家为找到了小毛毛而兴高采烈的时候，从南京来的一个中年妇女，找到中央组织部坚持说朱道来是她的孩子，要求归还给她。

事情骤然间变得复杂化了。

# 1

1953年——共和国诞生的第四个春秋，新中国政权日益巩固，朝鲜战场上的枪声也已经停息，那些曾为共和国的诞生立下了殊勋的功臣将帅，在筹划社会主义建设的闲暇之时，不免思念起在革命战争年代失落的骨肉来了。于是，纷纷向中央反映，要求组织上为他们寻找那些失散的骨肉。

这年春天，中央组织部部长安子文先后给江西省省长邵式平写信和拍来电报，称：

长征前夕，有一批红军战士的孩子寄养在瑞金一带的老乡家里，现在他们想念这些孩子，组织上有责任帮助他们，中央委托江西帮助寻找这些孩子的下落……

同年，幽居在上海的贺子珍也给邵省长写来亲笔信，说她在瑞金时生有一个男孩，叫小毛，长征出发前通过毛泽覃、贺怡夫妇寄养在老表家里，现在思儿心切，请千万千万帮助查找……

邵省长亲自部署了这件事，把任务交给了江西省民政厅，指示他们要千方百计地完成任务。厅长朱开铨把优抚处干部王家珍叫到办公室，郑重地对他说："组织上信任你，希望你把这件事情办好，不要辜负红军战士的期望。"

王家珍，这个当时年仅20岁的青年人，1953年元月带着在朝鲜作战时留下的两处枪伤，转业到了江西省民政厅工作。接受任务后，他感到了肩上担子的重量，心里不禁翻腾开了：时隔20年了，20年历经战火，兵荒马乱，国民党把血腥的屠刀一次又一次地指向老区，无数红军战士和他们的子女以及革命群众在敌人的屠刀下倒下了，贺子珍的后代能逃脱敌人的魔爪吗？再说，即使幸存下来，人世沧桑，大地茫茫，又到何处去找寻呢？他有些茫然。但是，他想得更多的是这些革命前辈和他们遗落了的孩子：老一辈革命家为了人民的解放，骨肉分离，流血牺牲；他们的后代从小就离开爹娘，如今应已长大成人，可他们还没有见过亲生父母的面啊！

晚上，王家珍躺在床上，贺子珍信中那急切的呼唤，声声响在他的耳边："现在我思儿心切，请千万千万帮助我找一找！"

王家珍参军后，早就听老战士们说过，贺子珍是毛泽东的夫人，同毛泽东生过几个孩子，新中国成立后一个人住在上海。对她传奇般的经历，王家珍充满深深的敬意，同时对她的坎坷遭遇又有一种说不出的同情心理。他仿佛听到了她含泪发出的呼唤，他暗下决心，不管有多么大的困难，也要帮她找到孩子，即使孩子已不在人世，也要把情况弄个水落石出，报给她一个准信儿。

就这样，王家珍带着党的重托，带着期待和不安的心情，踏上了为老红军寻子的路程……

## 2

瑞金地处江西南部。起伏连绵的丘陵、峥嵘茂密的树木，环绕着美丽的县城。虽然它饱经战火，但依旧那样年轻，那样清秀，那样充满青春的活力。

王家珍直奔瑞金后，先找到县长刘辉和红军女战士、副县长黄长娇汇报了来意，得到了他们的大力支持。为了查找线索，他们亲自组织召开座谈会，请当年的苏区老干部、老红军战士一起帮助回忆。那天，在县城工作的十五六个老红军都来了，他们都清楚地记得红军长征前留下孩子的事：

1934年，第五次反"围剿"失败后，红军被迫长征。为了不影响部队的行动，中央决定，一律不准带小孩走。所有红军战士的小孩子，从襁褓中、从父母的怀抱里被抱了出来寄放到了老乡的家里……

座谈会上，有几个红军战士说：当时听说贺子珍有一个孩子，也留在这里，但留在哪村哪户却无人知晓。

老红军的回忆提供了一些线索，但偌大一个县，方圆数百里，居住着30多万人口，即使在这里，又该到哪里去找呢？王家珍一筹莫展。他向县里建议，召开一个各乡乡长参加的会议，进一步扩大线索，了解情况。乡长们反映，当年红军留下孩子的事是保密的，很少有人提起这件事，而且那年月灾荒、疫病又多，再加上国民党一次次进犯，许多红军的后代都亡故或被杀害了，少数幸存者，新中国成立后也都相继被认领走了。

事情仍然没有进展，王家珍心急如焚，怎么办？"沉下去，到群众中去调查。"王家珍走了一村又一村，查了一寨又一寨，一个多月过去了，仍然杳无音信。

这天王家珍从乡下返回县城，来到县档案馆查看1934年《瑞金县志》，偶然间他看到这样的记载："'毛贼'生有一子，寄养瑞邑。"这个意外的发现，使他为之一振，有说不出的高兴，显然，这些文字是国民党咬牙切齿的咒语，里面充满着杀人的凶焰。但是，它确凿无疑地证实毛泽东和贺子珍的儿子寄养在瑞金。"只要他还活着，就一定要把他找到！"王家珍情不自禁地说。

一天傍晚，王家珍在叶坪东边的田头同几位老表聊天，闲谈间，一个上了年纪的老表告诉他，听说叶坪乡朱坊村有户姓朱的人家曾收养过一个红军的孩子，据说是一位红军领导人的，新中国成立后许多红军留下的孩子都被认领走了，可是那孩子没有人来认领……

这是一个重要的线索，王家珍喜出望外，他决定立即去朱坊村。

3

朱坊村的庄户人家朱盛苔、黄月英夫妇曾经收养过一个红军的孩子。这在村里几乎是人所皆知的。

那是1934年10月间的事了。

山区的早晨，一层薄霜，一片静谧，天阴冷阴冷的。朱盛苔一家正吃早饭，忽然，远远地看见两个红军战士和一个地方干部匆匆地朝他家走来，其中一个红军战士抱着个小孩，另一个红军战士拿着一件小棉袍。他们径直走进了堂屋。朱盛苔夫妇以为出了什么事，心里直发愣。那个地方干部走到他们面前说："有一个红军的孩子，请你们帮助抚养。"就这么简单，黄月英从红军战士手中把小孩和棉袍一起接了过来。

这是一个两岁上下的男孩儿，眼睛哭得又红又肿，此刻还在有气无声地抽泣，显然是舍不得离开爸爸妈妈。黄月英爱怜地把孩子紧紧地抱在怀里，用手给他拭干了泪水。这是个多惹人喜爱的孩子啊，方方正正的脸盘，眼睛大大的，一副机灵模样儿。她看了看那件小棉袍，面子是用一块旧灰色军装布做的，上面缀有幕之中。

唯有村东朱盛苔家，忽闪忽闪地亮着豆大的油灯，忽明忽暗，似有若无，无精打采。

道来要走了。出发就在明日，他就要离开这个生活了20年的家，离开养育了他的亲人，离开瑞金这块血染的土地，到那遥远、遥远的地方去……

几天前，从南京来了一个中年妇女，带着南京军区空军的介绍信来到村上，寻找她失落的儿子。

这个中年妇女的丈夫也曾是当年中央机关的一位领导人，在一次战斗中光荣牺牲了。她早年也参加了革命，在瑞金一带战斗过，据她说，她当年和丈夫生了一个男孩子，长征出发前也留在了瑞金。现在她到这里来寻找，组织上派人把她带到了朱盛苔的家。她同朱盛苔、黄月英夫妇谈了几次，同道来见了几次面，认定了朱道来就是她的儿子，并且要求立即把他带回南京去。

这使朱盛苔、黄月英作了难：说孩子是她的吧，她拿不出什么有力的证据，连当年把孩子送出来的情况也有许多地方对不上号；说不是她的吧，她也确实有一个孩子留在瑞金，不仅年龄与道来相仿，而且她的丈夫也是红军的一位领导，她说道来很像她的丈夫；还有，留下来的孩子大部分都被认领走了，可道来一直没有人来认领。夫妇俩左思右想，觉得还是让她带走吧，不管怎么说，孩子是为红军抚养的，自己已为孩子的父母尽了一片心，为红军尽了责任，既然现在有人来认领，就让她带回去吧！

可是，话是这么说，20年的养育深情却怎么割舍得了啊！朱道来是他俩提着脑袋、冒着生命危险带大的呀！

红军走了，国民党来了。白色恐怖笼罩着苏区，苏区的土地在淌血。朱盛苔夫妇带着朱道来东躲西藏，可这哪里是长久之计啊！为了保护这根革命者的苗苗，他们勒紧裤腰带，用钱粮去买通村里的一个本家伪保长，求他庇护和遮掩。这个伪保长，人还讲些信用，就是死贪财。他答应为朱道来保密，但要200担谷子、300元光洋作为"保密费"。天啦！200担、300元，哪来这么多的粮和钱呀？！朱盛苔家本来就穷，加上连年的灾荒，一家人的肚皮还填不饱呢！他俩只有变卖了家产，同时像叫花子那样四处去借呀、讨呀，好不容易凑齐了数，背的一身债直到新中国成立前几年才还清。最令人担忧的是，国民党的刽子手们常来村里搜查。一个隆冬的夜晚，外面飘着鹅毛大雪，突然，村里的狗"汪汪"地叫个不停。原来国民党深夜偷袭，进村搜查来了。夫妇俩一把拉着朱道来，光着脚冲出后门，躲进山里，直到第二天上午才敢出来，夫妇二人冻得几乎不省人事。

为了道来的安全，为了他的成长，他们倾注了自己全部的心血，他们为道来吃的苦比带自己几个孩子加起来吃的苦还要多！

道来这孩子也很争气,他聪明,读书很用功,学习成绩在班上总是第一,没有人不夸他的。他很勤快,放学回家,总是帮着种地、种菜、砍柴,样样都干。他对祖母、对弟妹们是那样好,那样亲,没有一点儿隔生。他在朱盛苔夫妇身边生活了整整20年,一天也没有离开过,可现在真要走了,朱盛苔、黄月英能不揪心吗!

屋里的空气令人窒息,半天没有一人作声。黄月英泪流满面,使劲地纳着鞋底,那抽线的声音像一声一声地在人心上拉锯;朱盛苔低着头,闷在那里大口大口地抽烟;祖母已卧榻不起,也在不停地哭泣……

"哥哥,好大哥,我们求求你,你不要走啊!"几个弟妹哇哇地哭开了,他们紧紧抱住道来不放,泪水从他们的脸上流到道来的脸上。

朱道来的心在阵阵作痛。他怎么舍得离开这个家、离开这些亲人啊,他们就是自己的亲爹亲娘亲弟亲妹啊,这个家对他来说真是恩重如山哪!

他清楚地记得,上学的第一天,母亲给他煎了两个喷香的荷包蛋,而弟妹们的碗里却只有青菜、薯干。他舍不得一个人吃,就把鸡蛋夹碎,一个弟妹碗里夹一块,弟妹们拿到嘴上舔了一下,又夹回道来的碗里,说:"我不吃蛋,哥哥要上学,哥哥吃。"每次学校考试，他得了好成绩，弟妹们给他盛饭，把好菜往里按，埋得深深的，悄悄地送到他手上……

想到这些，朱道来也哭成了泪人，他哽咽着说道："我不走，我哪也不去，我就留在瑞金跟爹爹妈妈和弟弟妹妹过一辈子！"

"乖崽，去吧，你亲妈妈来接你，她想你想得好苦，不要伤她的心，往后常来信，有空就回家来看看。"朱盛苔、黄月英一边这样说着，一边揩着眼泪。

朱道来真的走了。他是一步一把泪水离开瑞金的……

## 5

王家珍听了这一切，了解了事情的全部经过，心中荡起了一股不可遏止的激流，他深为朱盛苔夫妇的崇高思想和品质所感动。他觉得，他们抚养的不仅仅是一个红军的后代，更是老区人民向党向革命奉献的一颗赤诚的心，向革命前辈倾注的满腔热爱之情。

但是，他又不免忧郁和惆怅。一个多月的辛勤奔波眼看就要落空了，唯一的线索又宣告中断。此刻，贺子珍给邵式平省长信中的话，又在沉重地撞击他的心扉，他感到极大的焦虑和不安。

不过，王家珍是个精细过人的青年人。他从与朱盛苔、黄月英的交谈中，从在他们家听到看到的情况中，发现了不少的问题，他的心中升腾起了一团团的疑雾。

　　他问黄月英："南京的母亲接道来时，带走了什么东西吗？"

　　"没有。连那年送小孩来时带的那件小棉袄她也不要了，说带着没什么用。"说着，黄月英把小棉袄拿给王家珍，"就是这件。"

　　王家珍一看，棉袄虽已历时20余载，但仍然保存得很好，上面的几块补针清晰平整。这是多么珍贵的历史见证啊，可南京的母亲却为何不要它呢？

　　王家珍看到了朱道来的照片。他愣住了。多么眼熟啊，魁梧的身躯，四方大脸，宽阔的额头，高高的天门盖，颧骨略有突出："多像年轻时的毛泽东啊！"王家珍情不自禁地惊叹着。

　　更使他疑惑的是，他看到了道来写给朱盛苔夫妇的几封来信，信中略叙了他在南京的境遇：

　　他们不喜欢我，嫌我笨头笨脑的，一天到晚对我没有一个笑脸。她喜欢的是妹妹，什么都顾着她；妹妹也看不起我，骂我是乡下佬，土不拉几的，有时她和我争吵，母亲不问什么缘由，总是向着她，一个劲地责怪我。我在这个家待不下去了，我要回到瑞金去，跟祖母、妈妈一起过……

在烽烟战火中离散的亲骨肉回到了母亲的身边，这对一个思子心切的母亲来说，应该把已经失去的母爱加倍地追补给他才是呀！……

一个个疑团、一连串的问号不断地从王家珍的脑海里冒出来。

"道来真的是她的孩子吗？会不会搞错了呢？"他决定把这些情况向组织上作一次详细汇报。

情况报告给了朱厅长，朱厅长报告了邵省长，邵省长报告了中组部，中组部又来了电报："请写出详细调查材料，并附朱道来的照片一并寄来。"

很快，材料和照片由中组部转给了贺子珍。贺子珍看完材料后高兴地向中组部反映："从材料提供的情况看，朱道来像是我的小毛（贺子珍把留在瑞金的这个孩子叫'小毛'，这是毛泽东给他取的名）"，并恳求组织上让"小毛"和奶母一起来上海一趟，她想亲眼看看他们。

于是，一张电报飞传南京："祖母病重，速回探望。"

朱道来接到电报，心急如焚地往瑞金赶。

# 6

上海市，四川北路底栗阳路。

这里有一座古老的两层小楼房，门上有一个小阁楼，从外面看好像是三层。楼的左右两侧是一式矮墙，围成了一个封闭式的小院。院子不大，中间有一条米把宽的水泥小路，两旁栽种了一些树木花草。环境异常地幽静和冷落，是个不大引人注意的偏僻角落。

可是，有谁能知道，就在这个小小的处所里，住的竟是大名鼎鼎的、风云长征路的一代红军巾帼女杰贺子珍。

这位饱经风霜、历尽坎坷的革命者，为了新中国的诞生，戎马倥偬十余载，头部、身上有十几处枪伤，为了革命，她数番险些流尽最后一滴血。她是为数不多的最有资格享受革命胜利果实的红军女杰之一。然而，历史留给她的却是无尽的思念。

她无所事事，白天睡觉，晚上打麻将玩扑克。她害怕黑夜，黑夜是孤独的。她想借打扑克、麻将来打发无聊的岁月，把一切都忘掉。然而这种消遣怎么也掩盖不了内心的苦痛，她整日里沉浸在往事的回忆和思念之中。

她思念着毛泽东。

　　她太爱他了。打从1927年井冈山相识后，她一直跟随着他，直到1937年分手。她和毛泽东相处的10年，是中国革命最艰难的10年。战火中铸造的友谊、磨难中凝结的感情无论日月怎么流逝，也是无法冲刷掉的。她崇拜毛泽东那渊博的知识、深刻的思想、宽广的胸怀，在与毛泽东相处的岁月里，她以毛泽东的爱好为爱好，以他的忧伤为忧伤。毛泽东受到"左"倾路线的残酷打击和排挤，弄得孑然一身，她紧随其旁，矢志不渝；毛泽东生病，她精心侍候，煎汤熬药；为了让毛泽东看到苏区难得弄到的敌伪书报，她只身入虎穴，搜集报刊，险些丧命；为了给毛泽东管理好文电，她强抑驰骋疆场的巾帼之志，默默地作出自我牺牲……

　　在毛泽东身边，她学到了许许多多的东西，懂得了许多的革命理论，毛泽东的一切都在她身上留下了投影，烙上了印记，就连叉腰、走路、抽烟的动作，说话的手势及至思维方式都同毛泽东相似……

　　她常常伫立在院子的中央，向着北方眺望，有时她上街或去公园，看见毛泽东的塑像，便发呆似的深情地久久凝望着。有一次侄儿侄女们给她编织了一个毛泽东的像，她亲自挂在厅堂的正中央。她常常给女儿娇娇（李敏）写信，捎去她对毛泽东的祝福和问候！

她思念毛泽东，也思念她那些失落的骨血，思念她那天真可爱而又可怜的小毛毛，那是她和毛泽东感情的结晶啊！

她同毛泽东结婚的10年间，先后生下了5个孩子。孩子们是母亲心尖上的肉，每个孩子降生前后的情景她至今都记忆犹新，历历在目：

1929年，在红军转战闽西二打龙岩后，贺子珍生下了第一个孩子。这是一个女孩。那时红军行军打仗，战事频繁，所有在红军中出生的孩子毫不例外地不是送回老家就是寄养在老百姓的家里。这个孩子出生才二十几天就托付给了一位大嫂，她想待日后战事稍平就来接她回去。可是3年后红军再次打下龙岩，贺子珍怀着一腔母爱找到大嫂看孩子时，孩子已不在人世了，她这个仅仅当了二十几天的母亲深感对不起孩子。

1935年，在长征路上的担架上，贺子珍生下了第三个孩子。1934年红军从瑞金出发时她是怀着身孕踏上长征路的。沉重的负担压着她。可她从未掉过队。当长征到达贵州白苗族地区正准备翻越一座大山时，她肚子阵阵作痛，要分娩了。此时，后有敌兵尾随追赶，前有高山断路挡道。贺子珍在路旁一间砖砌土屋担架上，一生下产儿就被抬着上了路。后面的同志包裹好孩子追了上来，让她看看并要她取个名字以便日后好相认，贺子珍摇摇头说："不用了，她是革命者的后代，就让她留在人民当中吧！"

说完，因为产后失血过多昏迷过去了。这个长征路上的产儿，这个没有名字的孩子，生下后只有几个小时连母亲也没有看清长的什么样儿就送给了人家。新中国成立后，贺子珍每每牵肠挂肚地怀念这个长征路上出生的女孩，也曾托人查访，但音信杳然，她真后悔当初没有给她留下点什么东西。

贺子珍生第四个孩子是到达陕北后，1936年在保安中央机关所在地的一个窑洞里。孩子降生后，大家都来祝贺。邓颖超怀着对孩子的一种特殊的怜爱之情，把孩子轻轻地抱起来，端详许久，说"真是个小娇娇"，于是大家都叫这个女孩"娇娇"，毛泽东为她取了个李姓，单名一个"敏"字。1947年贺子珍从苏联回国后，李敏被送到毛泽东身边上学。

1938年，在异国他乡、在贺子珍离开毛泽东到达莫斯科后不久，她生下了第五个孩子。经她呕心沥血带了10个月的孩子，一天突然患了感冒，迅即转为肺炎，没来得及送到医院抢救便夭折了。她万分悲痛，在莫斯科郊区公墓里埋下了孩子的尸骨……

对这些孩子，贺子珍有爱抚，有内疚，有失悔，也有难言的苦楚。但她是个革命者，是坚强的共产党人，对于当时的环境、当时的条件她有最深切的了解，革命需要奉献，斗争需要付出代价，她一般是想得开的。可是令她怎么也放不下解不开、日夜牵肠挂肚的是她的小毛毛。

这是她生的第二个孩子，是她带在身边时间最长、付出的母爱最多，也是毛泽东最喜欢的一个孩子。"毛毛还在人世吗？他知道有个妈妈吗？他怎么不来找呀？"贺子珍经常这样地念叨着。

一切就像在昨天，记忆是那么清晰：孩子是1932年11月在福建长汀福音医院产下的。生产以后，贺子珍就患了中毒性痢疾，瘦得皮包骨头。为革命日夜繁忙的毛泽东，既对她倾注了丈夫的无限体贴和温暖，又对孩子倾注了莫大的慈父之爱。那时他身体不好，为了给贺子珍补身子，他把组织上给的仅有的一点"休养费"买来一只鸡，亲手熬汤端到她的跟前，软劝强说要她喝下去。

他对孩子视若掌上明珠，有时坐在母子俩的床边静静地望着，一看就是一两个小时。孩子名儿是他亲自取的。当时，他们住在一个姓杨的老乡家里，那老乡有个儿子，比毛毛大几个月，叫大毛，贺子珍工作忙，把孩子托付给老乡照管，两个孩子常在一起玩耍，俨如一对亲兄弟，毛泽东看见了很高兴，说：好，一个叫大毛，一个叫小毛！这样，小毛就成了孩子的名字，贺子珍一直亲昵地叫"毛毛"。

在小毛毛牙牙学语正讨人喜欢的时候，毛泽东受到了王明路线的无情打击和残酷迫害，被排斥在红军领导之外，毛泽东心中郁积了无限的忧愁。在这艰难的岁月里，小毛毛曾给了他们多少温暖和慰藉，为他们排解过多少忧愁和烦恼啊！有时贺子珍见毛泽东两眉紧锁，闷闷不乐，她就把小毛领来，说："小毛要爸爸抱！"

小毛便一头扑进毛泽东的怀里，在父子两个又亲又胳肢的哈哈声中，毛泽东的眉心舒展开了。孩子，这天使般的孩子给贺子珍留下了多少甜蜜的回忆啊！

尤其使她永远难以忘怀的是长征前与孩子生离死别的情景：一天毛泽东从宁都赶回，向她讲了中央的指示："这次红军转移，一律不准带孩子。"贺子珍想到与孩子即将分离，伤心地哭了。毛泽东看看贺子珍，又看看孩子，深情地说："这是中央的决定，不然我怎么舍得把他留下呢？"无奈，夫妻俩商定，只好把孩子交给留下来坚持游击活动的毛泽覃和贺怡。此时，天气已渐渐变冷，孩子连件御寒的衣服也没有，贺子珍从邻居那里要来点棉花，把自己的一件灰布军装裁剪开来，就着灯光千针万线地缝制了一件小棉袍。当她领着毛毛和带着棉袍一起交给贺怡时，小毛开始还以为是带他走亲戚，后来知道爸妈要走了，伤心地大哭起来，叫喊着"我要爸爸，我要妈妈……"这撕裂人心的阵阵哭喊声，至今催人落泪……

# 7

近两天，贺子珍脸上有了笑靥，她接到电报：朱道来和黄月英一行已启程赴沪。她激动的心情无法平静，一面张罗准备，一面给在上海警备区任职的哥哥贺敏学打电话，请哥哥代她到车站迎接。

此时，王家珍陪同朱道来、黄月英一行乘坐的列车飞奔在浙赣线上。22岁的朱道来，长成了一个标致英俊的小伙，1.75米的个头，头发向后梳理着，他不大爱讲话，性情憨厚朴实。列车"铿锵、铿锵"在前进，朱道来心中"叮咚、叮咚"在敲鼓，他既想见又害怕见到贺妈妈……

他们到了贺子珍家。

朱道来站在贺子珍的面前了。她仔仔细细地端详着，久久地上下打量着，顷刻间止不住喜泪纵横，声音颤抖地说："毛毛，这就是我的毛毛！"

"贺妈妈，您好！"朱道来也激动地叫了一声。那时烈属和红军子弟都称老一辈女革命者为"妈妈"。

"好，好！"贺子珍紧紧地抓着朱道来的手，"孩子，这些年来让你受苦了！"说着，止不住泪水又扑簌簌地掉下来……

朱道来的到来，使贺子珍的家一反往日冷落的景象，变得异常欢乐和热闹。人来车往，进进出出，笑语喧哗。

饶漱石来了。

魏文伯来了。

还有贺子珍的许多老战友们都来了。

他们见了朱道来都说像毛泽东，祝贺子珍找到了儿子。

朱道来一行来到后，贺子珍把他们安排在楼上住。黄月英带着随来的小男孩住一间；道来和王家珍两人住一间。贺子珍对他们非常热情，天天叫保姆买好菜招待他们，并请来哥哥贺敏学作陪。

为了防止出错，贺子珍向贺敏学提议：请他带毛毛去检查身体验验血。贺敏学带着毛毛来到一家部队医院做检查，结果发现血型同贺子珍一样。这更加使贺子珍确认朱道来就是她的毛毛。她深情地对道来说："当初把你留在瑞金，我和你爸爸都舍不得，那是形势所迫，不得已啊！现在你回到了妈妈身边，妈妈心中的这块石头落了地，可你不要忘记养育你的妈妈，她带大你费了很多的心血啊，你要好好陪她到上海玩玩，好好孝敬她。"

贺子珍来到黄月英的房间，灯光下，一个养母，一个亲娘，一个老区人民的好女儿，一个红军女英雄，两个革命母亲在深情地交谈着：

"奶妈，"贺子珍说，"这些年连累你了，使你吃了不少苦头，在那样的环境下你带大了孩子，很不容易，我感谢您啦！"

"不，不！这没什么，你们为了老百姓，抛儿舍女，骨肉分离，老百姓感谢你们！"黄月英说。

"奶妈，当时毛毛是不是由红军战士送到你家的？"

"对。两个红军和一个地方干部，还带了一件小棉袄。"

"小棉袄？"贺子珍不觉一震，"还在吗？"

"在这，我带来了。"说着，黄月英从提包里取出来，郑重地交给了贺子珍。

贺子珍双手颤抖着接过小棉袄，两行泪珠从脸腮上滚落下来。

20年来，每逢寒冬来临，她就记挂着毛毛，他今在何方？肚子吃得饱不饱？身上穿得暖不暖？慈母手中线，游子身上衣啊！"真没想到，你把这件小棉袄保存到今天，真不简单啊！……"

这一晚，贺子珍同黄月英一直谈到深夜，泪水不时模糊了两位母亲的眼睛。

朱道来、黄月英、王家珍一行在上海期间，贺敏学一家按照贺子珍的叮嘱，经常带他们上街、逛公园、参观、看电影，还常常给他们买来香蕉、苹果等。吃饭时她尽把好菜往他们碗里夹。她还给道来做了好多新衣服，为黄月英买了很多衣料。她恨不得把对朱道来多年欠下的母爱在一天之内全部补上，恨不得把对黄月英的感激之情一股脑儿地倒给她！

贺敏学一家对他们也盛情相待。每逢星期天，贺敏学就要把妹妹贺子珍和外甥朱道来等一起接到家里，设宴欢聚，共享天伦之乐。

一晃两个月过去了。一天，贺子珍接到华东局转告的中组部打来的电报，要朱道来、黄月英同去北京一趟。贺子珍多少可以猜出此行的目的，她希望他们去北京，可又很担心，不知此次一别，什么时候才能见到毛毛？她舍不得他走，她害怕孤独，这种日子太难熬了，她希望毛毛永远留在身边。但是贺子珍是个纪律性很强的人，战争年代培养了她毫无条件地服从组织的习惯，她希望组织上经常和她联系，特别是独居上海后，更希望组织上常有人来找她，陈毅、魏文伯等领导来看她一次，都会使她兴奋几天。她更盼望着北京有人来，盼望着娇娇的来信，因为这可能捎来毛泽东的书信或钱物，捎来毛泽东对她的安慰和问候。自从离开毛泽东从苏联回国后，她同毛泽东联系多半都是以娇娇为桥梁和纽带。从娇娇的来信中，贺子珍了解到毛泽东对她始终是一往情深，时刻在关怀着她，而他则常常从娇娇那里打听她的情况，让娇娇转达他的思念。现在中组部要毛毛去北京，这说不定毛泽东已经知道这件事了，兴许毛毛还能见到他父亲呢！

临行前，贺子珍特地给在北师大念书的女儿娇娇写了封信，让朱道来带上。信中说："娇娇，我给你找到了一个哥哥，他是你亲哥哥，就是我常常和你讲的那个毛毛。他到北京后，你要好好陪同他玩玩，有时间去看望父亲时，请你转告他。"

朱道来启程北上了。那天，贺子珍亲自到火车站送行。月台上，她拉着道来的手说："毛毛，到北京后，给妈妈来封信，见到爸爸时，请代问他好！"

火车开动了，贺子珍还站在那里，列车前进鼓起的风，吹拂着她的银发，吹拂着她脸上的泪花……

# 8

和煦的阳光像一块巨大的金色的纱布，披盖着美丽、庄严的北京城。金秋的北京，气候凉爽，处处让人感到舒心、惬意。

朱道来、黄月英、王家珍一行被作为中组部的客人，住进了大栅栏鲜鱼口招待所。

他们的行动是保密的，就连招待所的同志也不知道他们的身份和来历，中组部的同志对朱道来提了3条要求：第一，不要一个人外出；第二，不要主动和人讲话；第三，不要对别人讲你从哪里来，来京干什么。

在上海贺妈妈家待了两个月，心境刚刚平静下来的朱道来，这时心里又擂起了小鼓：这是怎么回事？组织上怎么看这件事？我真的是毛主席和贺子珍的儿子吗？他仍然像是在梦中。

到京后，中组部的同志常来找道来单独谈话，询问他的学习、生活等情况。

很快，娇娇到招待所看他来了。她一见到朱道来就高兴而又亲切地叫了声"哥哥"。朱道来忙把贺子珍的信交给了她，她说："知道了，全知道了，妈妈早写信告诉了我。"

此后，兄妹俩常出去玩，娇娇对北京熟悉，带他看电影、逛公园、看古迹，还不时给他买些好吃的，兄妹俩十分亲密。

朱道来的到来，引起了许多中央领导同志的关注和关怀，也成了他们家里茶余饭后谈论的话题。一些中央领导同志和他们的夫人先后到招待所看他，都说没错，是毛毛。然而南京那位妇女的到来却使事情骤然间变得复杂化了，给本来似乎有了定论的事投下了阴影。

事情究竟如何裁决？朱道来归属何方？

事情又被汇报到了毛泽东那里，请他作出裁决。

或许是不愿伤害3个母亲的心，或许是出于那博大的胸怀、无私的情操，毛泽东说：

"不管是谁的孩子，都是革命的后代，把他交给人民、交给组织吧！"

朱道来被送到了帅孟奇家里。帅孟奇和邓颖超等一样，家里收养了一批烈士的遗孤、革命者的后代。现在，朱道来这个革命者失落的骨肉，又回到了革命者的怀抱。

黄月英一行在京住了一个来月，就要回老家去了。她对眼前发生的这一切虽不甚理解，但她心里明白，自己原本就不知道孩子是谁的，只是受红军战士之托，为红军抚养的。现在，孩子到了北京，到了这么多老红军的身边，她感到红军交给自己的任务完成了，放心了！因此，当组织上问她有什么要求时，她只回答了两个字："没有！"

然而，党没有忘记这位妈妈。几位中央领导的夫人对她说：孩子是谁的不要紧，不管怎样，你是有功劳的，在国民党统治的白色恐怖中，你冒着生命危险抚养一个红军的孩子，吃了很多苦，遭了很多难，死去的和活着的红军战士都会感谢您，感谢老区人民！

中央组织部领导来到招待所，代表组织给她送来了500元钱、3匹布和一些日用品，表达党和人民对这位平凡而伟大的母亲的敬意和谢忱。

北京站。上车的铃声响了。

朱道来已经哭成了一个泪人。妈妈，恩重如山的妈妈，他是怎么也报答不了她的养育之恩的！"奶奶（他习惯称黄月英奶奶），你就是我的亲娘，你要好好保重，我永远记住你！你回去跟我问祖母、爸爸和弟弟妹妹好，告诉他们我朱道来永远是瑞金朱家的人！"

黄月英止不住泉涌般的热泪，再三叮咛："孩子，你在这里要好好听组织的话，好好学习，不要记挂家里，你要常给家里来信，有空时回家来看看，你祖母、爸爸和弟弟妹妹都很想你哪！……"

目睹这一切，王家珍好不心酸。火车已经启闸，他只好忍痛把黄妈妈扶上了车。

"呜！——"火车一声长啸，震撼着人们的心肺。朱道来朝着疾驰的火车紧追不舍，一直追到站台的尽头。王家珍老远老远地还看到他站在那里，像一座凝固的塑像……

注：本文与人合作，在《星火》杂志发表以后，全国20余家报刊先后转载，在社会上产生了较大影响。本文旨在根据我们掌握的第一手材料——当事人王家珍的回忆，记述和反映老区人民怀着对红军战士的深厚感情抚育和保卫红军后代的感人事迹以及帮助寻找红军后代的这一历史事实的经过，而无意判别孩子属于谁，特此说明。收入1996年1月由二十一世纪出版社出版的《多彩的人生》（与人合作）一书中。

# 新中国惩腐第一枪

一

1951年冬。北京晴了些日子的天气骤然阴沉下来，天空布满一层铅灰色的阴云，凛冽的北风卷着尘沙、落叶、枯草在大街小巷横冲直撞，把美丽的京城搅得迷迷蒙蒙。有经验的人们都清楚：一场大雪即将来临。

这天，夜已经很深了，北京团城中南海丰泽园内的灯光仍在寒风刮着树叶所发出的阵阵瑟瑟声中忽闪着。党中央主席毛泽东没有倦意，他大口大口地吸着烟，在室内来回踱着。他走到窗前，抬头望了望窗外，深深地吸了一口气，继而，他的目光又自然地落在那宽大的办公桌上已摊开的一份报告上面。他的表情是那样的深沉和凝重。

这是一份非同一般的报告。报告是由中共中央华北局呈送的，文中提出了华北局对大贪污犯刘青山、张子善的处理意见，并报告了河北省委征求天津地委及所属部门对刘青山、张子善二犯量刑意见的情况，上面写着：地委在家的8个委员一致同意对刘青山、张子善处以死刑。地区参加讨论的552名党员干部的意见是：对刘青山同意判处死刑的535人，判处死缓的8人，判处无期徒刑的3人，判处有期徒刑的6人；对张子善同意判处死刑的536人，判处死缓的7人，判处无期徒刑的3人，判处有期徒刑的6人……看着这份报告，毛泽东心里像压了一条铅块，宽大额头下的双眉锁成了"川"字，那眉宇间射出的是对新中国的前途和命运深沉的思索！

同样的心情和思索，毛泽东早就有过。在新中国刚透出黎明曙光之时，他就在反复思考共产党怎样防止腐败变质的问题。1942年，中国共产党在延安开展整风，他号召全党学习郭沫若的《甲申三百年祭》，在这篇史论中，郭沫若总结了李自成领导农民起义失败的教训，毛泽东告诫全党"引为鉴戒，不要重犯胜利时骄傲的错误"。在1949年春召开的中共七届二中全会上，他向全党发出了一个振聋发聩的声音："可能有这样一些共产党人，他们是不曾被拿枪的敌人征服过的，他们在这些敌人面前不愧为英雄称号，但是经不起人们用糖衣裹着的炮弹的攻击，他们在糖弹面前要打败仗。"很不幸，毛泽东的预言道中了，他最不愿看到的一幕出现了，而且就在眼前。联想到近些天来看到的东北局、西北局和北京市委及全国各中央局，各大军区送来的查处贪污盗窃情况的报告，这是多么地令人触目惊心啊！想到这里，毛泽东的情绪处在愤怒之中：这样下去，几千万先烈用鲜血和生命换来的胜利成果不是要白白葬送吗？他不禁又想起了《甲申三百年祭》。不！决不能放任腐败现象滋长下去，决不能让李自成的悲剧在中国共产党重演！

此时，毛泽东已下定了严惩刘青山、张子善二犯的决心。

此时，被关押了一个月的刘青山、张子善正在对自己的生与死作出种种猜测和分析：

或许会被处死。作为高级干部，他们二人对法律是了解的，对自己的犯罪事实再清楚不过了，罪行是极其严重的；他们也深知天津地区广大干部和群众对自己罪行的愤怒情绪，如此大罪，不杀，何以平民愤？！而最令他们心颤的是眼下这场一阵紧似一阵的三反运动和这场运动的领导者毛泽东。对毛泽东的性格和脾气，他们在战争年代就有所闻。毛泽东办事坚决果断，从不马虎，毛泽东对贪污恨之入骨，他说过："贪污和浪费是极大的犯罪"，更何况自己贪污的数额这样巨大，这次恐怕是难免一死了。想到这些，刘青山、张子善全身便透过一股冷气。

也可能枪下留人吧，自己是为革命、为新中国的诞生作出过贡献的呀！刘青山、张子善也不时自我作出这样的判断。

不错，刘青山、张子善都在年青时代就投身革命，曾是革命队伍中的佼佼者。在他们个人的历史上，曾有过光荣的一页：1931年6月，在土地革命战争的战火中，刘青山加入了中国共产党，他曾参加过1932年高阳、蠡县的农民暴动，后来被国民党逮捕，在狱中，国民党对他实行严刑逼供，但他始终没有屈服；张子善1933年10月入党，1934年被国民党逮捕入狱，在狱中他参加了绝食和卧轨斗争。那时的刘青山、张子善为革命出生入死，在敌人面前的确表现了共产党人的英雄气概。对他们历史上的功劳，党和人民是承认的。他们本应像许许多多的革命者一样，坚定共产主义信念，牢记党的全心全意为人民服务的宗旨，把过去的功劳，当作万里长征走完的"第一步"，在社会主义建设的宏伟事业中，为人民再立新功。可他们却不是这样，在建国后不久，急转180度，急剧地朝相反的方向滑行……

二

新中国在隆隆的枪炮声中诞生了。曾为新中国的建立浴血奋战，从枪林弹雨中走过来的幸运者，大多成为新中国的各级党和政府、各个行业、各条战线的第一代领导人。同样，党和人民也没有忘记刘青山、张子善，对他们寄予了无限信任和期望，刘青山被任命为中共天津地方委员会书记（后调任中共石家庄市委副书记），张子善为中共天津地方委员会副书记、天津专区专员（后任中共天津地方委员会书记）。党和人民把管理天津的大权交给了他们。

天津，这座耸立于华北平原的古老而神奇的城市，有它特殊的魅力。它依傍在燕山脚下，渤海岸边，是全国最大的工业城市之一，也是我国北方经济中心、交通枢纽和国际港口城市。华北最大的水系海河躺在这座美丽城市的怀抱里，这源于千里之外的海河之水，滋润着两岸大片大片的土地；大自然也慷慨地赐予它雄厚丰富的地表地下资源。刘青山、张子善对于自己成为这片土地上的领导者是非常满意的。按理说，他们当恪尽职守，发挥自己的聪明才智，利用天津具有的各方面的优势，想方设法为人民造福，以报答党和人民的厚望。然而，刘青山、张子善思考的不是这些，他们把这些已抛到九霄云外，他们想的是：这江山是老子打下来的，现在该是老子享受的时候了。这时，党的利益，人民的利益在他们的脑海里已荡然无存，代而出现的是那贪婪的私欲。在他们的眼中，天津成了一块巨大的"肥肉"：这具有广阔前景的土地，是自己的无限家产；这千年流淌的海河水及由此产生的巨大经济效益是自己享不尽的荣华富贵之源。为贪图享受，他们不顾国法、党纪，不顾国防建设，不顾人民疾苦，在任职期间，对上级拨给的救灾粮、河工粮、飞机场建筑费、地方粮、干部家属救济粮、治河民工工资、银行贷款等国家资产和人民血汗，到处伸手盗窃，为数达171亿6272万元（旧币，下同）之巨。他们盗窃这些资产后，即投入所谓"机关生产"，实行个人的单线领导。从这点盗窃的资产中，刘青山、张子善共贪污、挥霍3.7825亿元，其中刘青山1.8399亿元，张子善1.9426亿元。如此巨额的贪污、挥霍，在当时谁不为之惊愕！

那是1951初，华北大地寒气袭人，持续一个多月的零下气温，已将天津远远近近的土地封冻得像块巨石。这年开春前夕，上级传来一道指示，要兴修潮白、永定、大清、龙凤、海河等工程。这是党的号召，当时刚刚翻身解放的人们把"听共产党的话，跟共产党走"挂在嘴边，只要党一挥手，他们就奋然前行。现在党号召修河，那是为了给人民造福啊！于是，十多万河工怀着热情，怀着对美好未来的憧憬，卷起铺盖，扛上铁锹洋镐来到治河工地。他们在工地上日夜奋战，用使劲地挑泥刨土来表达对党的忠诚。这些善良的河工们无论如何也不会想到此时刘青山、张子善已将罪恶的黑手伸向了他们。

早在接到上级关于治河的通知时，刘青山、张子善就盘算开了：修河，上级有一笔巨款拨下来，这可是送到嘴边的"肥肉"，何不乘机大捞一把呢！于是，刘青山给供应站布置了赚取30亿元的"任务"，张子善则具体指导他们如何克扣，并要求带领河工的中共党组织保证完成"任务"。为克扣河工，他们丧尽天良，将国家发给河工的好粮换成坏粮，任意抬高卖给民工的食品价格。那时，国家粮食并不富足，对民工的供应也有限，民工们干着繁重的体力劳动，却只能吃到一些坏粮和蔬菜。天津宝坻县有一个黄庄镇，这个村被他们克扣了4430多斤米，村上有10多人吃了他们换过的坏棒子面和小米而得了病。

就在河工们拖着连病带饿的身躯，奋战在工地上的时候，刘青山、张子善的生活却是另一番图景：他们坐的是特地派人从香港买来的高级轿车，吃的是美味佳肴，还经常看戏、请客、送礼，动辄数万、数百万以至上千万元，而且刘青山还吸食毒品成瘾。在他们家里，还存有大量的手表、钢笔、皮衣、雨衣、鹿茸精、布匹、皮鞋、车子以及现款等。这些东西，以今天的眼光看确是"雕虫小技"，但在那共和国总理啃着窝窝头办公、党中央主席要求工作人员洗他的衣服只用肥皂打衣领和袖口，全国人民节衣缩食，勒紧裤腰带支持抗美援朝的岁月里，过着这样的生活，拥有这样一些东西，那是非黑心贪婪之徒所不能的！

1700多年前，希腊有一位叫郎加纳斯的修辞学家曾说过这样的话："贪求享乐，是一种使人极端无耻、不可救药的毛病。"刘青山、张子善从染上贪求享乐的"毛病"之后，就迅速发展成为一种顽症，一种不治之症，为了贪图享乐，他们什么都可以不顾，什么事都干得出来。

刘青山、张子善就是这样胆大妄为，利欲熏心：

那一年，朝鲜战争还在进行，党中央、毛泽东对加强我国国防力量的建设极为重视，国家决定在天津郊县兴建一个军用机场。这样的时刻建设这样的军事工程，谁敢有非分之想？可刘青山、张子善的黑手竟然也伸了进来，他们前后克扣机场占地赔款和居民搬家费25.4亿元，致使不少家庭流离失所。

他们不顾人民群众的疾苦，非法动用地方粮款28亿8270万元，使很多县的农村小学不能兴办，造成大批儿童不能上学。

他们对农民进行公开的掠夺，为搞"机关生产"，合谋与促使安次、天津两县施行"插牌占地"，他们的化学工厂在天津即占了二百多亩土地，很多农民因此失掉了土地。

他们为开设木材厂挪用救济水灾区的造船贷款4亿元，并派人冒充军官从东北盗买大量木材。

他们勾结奸商张文义等人，从事倒买倒卖的非法经营活动，一次交给张文义49亿元，任其倒卖钢材，使国家遭受21亿元的损失。为便于投机倒把，刘青山、张子善曾将100亿元巨款用私商隆顺号名义投入私人银号，逃避国家金融管理。

他们还以高薪诱聘天津、沈阳、鞍山等地国营、公营企业机关的31名工程技术人员，成立非法的"建筑公司"，从事投机倒把活动……

不仅仅如此，刘青山、张子善在作风上实行专制独裁，压制民主，打击与排斥坚持党的原则、维护人民利益的同志，培植拉拢气味相投、共同作弊的小集团，在政治上搞"唯我独尊"，刘青山公开说："我就是马克思列宁主义在天津的具体化。"

然而，事物的发展并不会依刘青山、张子善的意志所转移。尽管他们在天津可以一手遮天，尽管他们什么事都可以办成，但唯物辩证法这个宇宙间最根本的规律他们是永远无法改变，无法创造，无法消灭的。就像有生就有死一样，正义从来就伴随邪恶而出现。刘青山、张子善的违法乱纪、胡作非为，从一开始就引起了绝大多数机关工作人员的强烈不满和反对，以天津专区副专员李克才同志为代表的正直的机关干部对刘青山、张子善进行了公开的斗争，许多同志向上级反映或写信揭发刘青山、张子善的问题。

但由于刘青山、张子善位高权重，又善于玩弄花招，拉拢上级一些官员，不但没能及时解决刘青山、张子善的问题，反而使一些同志遭到了他们的打击报复。在艰难中，李克才等同志坚信：历史这位铁面无私的巨人，迟早会作出结论，他同机关许多人一样盼望着这一天。

"这一天"最终是要来临的。它已经开始在当时的国际国内的时代背景下孕育，已经在历史的画卷中拉开了"序幕"，正不可阻挡地向人们悄悄走来——

当时，新中国刚诞生，为抗击美帝国主义，维护世界和平，保卫我国安全；为打击国民党反动派在大陆残余的武装力量和土匪、特务、恶霸及反革命分子的颠覆破坏活动，巩固和维护新生的红色政权，党中央、毛泽东号召全国人民开展了抗美援朝、土地改革、镇压反革命运动。那时，我国国民经济处于极端困难的恢复时期，为渡过难关，支援正在进行的朝鲜战争，1951年10月，党中央、毛泽东又号召全国人民开展增产节约运动。在增产节约运动中，全国各地揭露出了大量的贪污、浪费、官僚主义的现象，刘青山、张子善严重贪污腐化的问题被揭露出来，立即引起了河北省委的重视，河北省委很快便将刘青山、张子善的犯罪材料上报华北局，华北局又马上呈送党中央、毛泽东，引起了毛泽东的高度注意，毛泽东亲自在报告上写下了这样的批语："……这件事给中央、中央局、分局、省市区党委提出了警告，必须严重地注意干部被资产阶级腐蚀发生严重贪污行为这一事实，注意发现、揭露和惩处，并须当作一场大斗争来处理。"随即，河北省成立了以省人民政府主席杨秀峰为首的"刘青山、张子善案件"调查处理委员会，经过两个月的侦讯和调查核实，终于查清了刘青山、张子善的全部贪污犯罪事实。

## 三

1952年2月10日，河北省在保定市召开公审大会，审判大贪污犯刘青山、张子善。

早在两个月前，经周恩来总理批准，刘青山、张子善就分别被逮捕，随后，华北局决定开除刘青山、张子善的党籍。在弄清刘青山、张子善主要犯罪事实的基础上，河北省委于1951年12月14日向华北局提出了处理意见："刘青山、张子善凭借职权，盗窃国家资财，贪污自肥，为数甚巨，实为国法党纪所不容，以如此高级干部知法犯法，欺骗党，剥削民工血汗，侵吞灾民粮款，勾结私商、非法营利，腐化堕落达于极点。若不严加惩处，我党将无词以对人民群众，国法将不能绳他人，对党损害异常严重。因此，我们一致意见处以死刑。"华北局在研究时，考虑到中央决策时有回旋的余地，在同意"将刘青山、张子善二贪污犯处以死刑"之后，加了个括号"或缓期二年执行"。

河北省委和华北局对刘青山、张子善的处理意见，同时报给了党中央、毛泽东。党中央、毛泽东在广泛听取党内和党外民主人士对刘青山、张子善的量刑意见后，决定同意河北省委的建议。

当刘青山、张子善将被处以死刑的信息传出后，曾出现了一个小小"插曲"：有的看着刘青山、张子善成长的老干部，念其在战争年代出生入死，有过功劳，在干部中影响较大，便托人向毛泽东"说情"，要求"不要枪毙，给他们一个改造的机会"。

刘青山、张子善犯有如此大罪，党怎能容忍？人民怎会答应？党的主席，人民的领袖怎肯饶恕？"说情话"转报到毛泽东，这时，毛泽东发话了："正因为他们两人的地位高，功劳大，影响大，所以才要下决心处决他们。只有处决他们，才可能挽救20个、200个、2000个、20000个犯有各种不同程度错误的干部。"毫无余地了，等待刘青山、张子善的将是法律的严厉制裁！

这天，保定下着小雨。设在保定体育场的公审大会会场布置得极为庄严，场内张贴了许多"严惩大贪污犯刘青山、张子善"等标语口号。

离大会开始还有三个小时，参加大会的省、市直机关工作人员、人民解放军驻军指战员、全省各市、各专区、各县的人民代表手举着红旗，从四面八方而来，会场内一下子聚集了二万一千八百多人。

当时针、分针、秒针不慌不忙地在"12"上重叠时，河北省人民法院院长，临时法庭审判长宋志毅对着麦克风宣布："奉中央人民政府最高人民法院电令，对大贪污犯刘青山、张子善进行公审。"随即一声喝令，刘青山、张子善戴着手铐，在会场千万双愤怒的眼睛注视下，耷拉着脑袋被押上了审判台。

顿时，全场一片肃静，人们似乎屏住了呼吸。"我代表'刘青山、张子善案件'调查处理委员会，对大贪污犯刘青山、张子善叛变共产党、叛变国家、叛变人民的罪行向大会提出控诉。"扩音器里传来了一个女同志的声音，那是"刘青山、张子善案件"调查处理委员会副主任薛迅在控诉。她在详尽地控诉刘青山、张子善违法乱纪的严重罪行之后，代表调查处理委员会要求临时法庭判处刘青山、张子善死刑，并立即执行。控诉完毕，宋志毅走向麦克风宣判："奉中央人民政府最高人民法院令准，判处大贪污犯刘青山、张子善死刑，立即执行，并没收该二犯全部财产；同案各犯另行审判。"在数万群众高呼"拥护廉洁奉公的人民政府"、"拥护光荣伟大的共产党"、"毛主席万岁"的响彻云霄的口号声中，刘青山、张子善被警察推上了敞篷卡车，押至保定市东关大教场执行枪决。

"砰、砰"两枪，刘青山、张子善应声栽倒在地……

风雨中，浩浩白洋淀依旧在欢唱！

## 9·13凌晨：
## 在尾随林彪出逃的直升飞机上

1971年9月13日零点32分，林彪一伙仓皇出逃的"三叉戟"飞机，在山海关机场强行起飞。飞机上坐的是林彪和他的老婆叶群、儿子林立果等，飞机的飞行、领航人员均是他的心腹和死党。

可是，尾随他们出逃的另一帮死党——"小舰队"核心成员周宇驰、于新野、李伟信一伙劫持的3685直升飞机驾驶员陈修文，却和他们素昧平生，毫无瓜葛。那么，他们是怎样把一个罪恶阴谋的圈套加在陈修文的脖子上的呢？陈修文又是怎样识破他们的阴谋并只身与他们殊死搏斗，最终血洒长空，把林彪一伙叛国的"活证据"交给人民的呢?

这里记述的就是发生在9月13日凌晨的那一场惊心动魄的战斗。

## 9月12日深夜,林彪死党的黑窝乱成了一团

9月12日夜,天黑沉沉的,坐落在北京西郊空军学院的林彪反党集团的秘密据点里,江腾蛟、王飞、周宇驰、于新野、李伟信等死党,一个个惊慌失措,神不守舍。

昨夜,他们还一个个杀气腾腾,气焰嚣张,公然向中国人民的伟大领袖毛泽东同志举起了屠刀。林彪的儿子、反革命"联合舰队"的头目林立果,向他们传达了林彪的命令,指令他们:"要主动进攻,先把'B—52'(他们为毛泽东起的暗号)搞掉,'歼七'(指江腾蛟)在上海打头阵,不成就让鲁珉(空军作战部长)在硕放实行第二次攻击,炸掉铁路桥,造成第二个张作霖事件!"

但是,他们万万没有想到,就在他们密谋策划的时候,毛泽东的专列已安然驶过了苏州,驶过了硕放大桥,正向北京疾驰。当他们得到上海方面的爪牙报来的这一消息,顿时惊恐万状,乱成一团。

他们开始了孤注一掷的挣扎。

"首长决定马上就走,你们要带好那些文件和钱物,想办法紧紧跟上,越快越好!"林立果从山海关机场打来的电话气急败坏。

几个死党一听全都懵了,手忙脚乱地忙碌起来,有的胡乱地往箱子里装文件,有的把材料、本子撕个粉碎,扔进厕所。江腾蛟、王飞乘机偷偷地溜走了。

周宇驰马上找来飞行副大队长陈士印。这家伙长期追随周宇驰一伙,曾是周宇驰秘密学开直升飞机的教官,深得周宇驰的信任。周宇驰催促道:"快,去机场!"他指挥着于新野、李伟信、陈士印提着几个黑皮箱,匆匆下了楼,一头钻进了停在楼前的黑色伏尔加小轿车⋯⋯

## 一个阴谋的圈套,
## 悄悄地套在了飞行中队长陈修文的脖子上

夜深人静的北京城已经熟睡了,稀疏的星光被团团乌云遮住。黑色轿车向着西郊的沙河机场发疯似的疾驰。

望着一闪而过的路桩、模糊的树影,李伟信害怕起来,问:"路上有人拦截怎么办?"

"打死他！"周宇驰恶狠狠地说，"咔嚓"一声手枪子弹上了膛。

　　由于情况的变化太突然，这帮家伙事前没有一点准备。周宇驰边开车边对坐在身后的陈士印吩咐："要找个可靠的，飞行技术最好的。"

　　陈士印一路盘算着。这家伙对大队飞行员的情况是熟悉的，他一个一个地在头脑里"过电影"，当过到飞行三中队中队长陈修文时，他的思绪停止了。

　　陈修文，年轻、精明、能干。一米七的个头，身体瘦长而结实。论飞行技术，别说在全大队，就是在全团也是数一数二的。他从航校毕业分配来部队已经8年了，先后飞过初级、高级教练机，飞过轰炸机等多个机种，是一名出色的"全天候"。他不仅自己飞得好，而且担任过飞行指挥员，曾经多次驾机执行过接送周恩来总理去大寨、到珍宝岛参战、运送我潜水员打捞被击沉在我边界河道上的苏军坦克等重大任务。他能在不用无线电联络的情况下"静默"飞行。他组织纪律观念特强，对领导交给的任务说一不二，总是不折不扣地圆满完成。

　　碰巧，9月12日晚上又是他担任战备值班。

　　"对，就找他！"陈士印打定了主意。

## 他以执行"副统帅"交给的任务为光荣，
## 丝毫没有察觉

轿车驶进了沙河场站营区。

这时，已是9月13日凌晨2点40分。这帮一心想尽快跟上主子外逃的坏家伙哪里知道，林彪乘坐的256号"三叉戟"已在10分钟前的一声震天的巨响中，扎在了蒙古温都尔汗大沙漠里。林家父子已命丧九泉，魂归西天……

轿车停在师部大楼后面的飞行员宿舍旁。周宇驰、于新野、李伟信走下车，站在门口等候，陈士印像一个幽灵一样摸进了住在2楼的陈修文的房间。

"快起来，执行紧急任务！"陈士印推着睡梦中的陈修文。

大概是陈士印说话的声音太低，或是陈修文睡得太深，没有被叫醒。

是的，今晚陈修文太疲劳了。当熄灯号吹过，其他飞行员都睡了，陈修文还在向大队党委汇报工作。之后，他又来到办公室作明天的工作计划。在他的工作日记本上，1971年9月13日的工作是这样安排的：

1.飞行训练中提醒同志们注意安全问题；

2.找两个闹矛盾的同志谈心；

3.检查几个人的读书计划；

4.召开读书辅导小组会；

5.天气转凉，通知大家取掉蚊帐、凉席，换上垫背、褥单……

直到深夜，陈修文才躺下。

"快，快起来，有紧急任务！"陈士印见陈修文没有醒来，用力猛推着。

陈修文被叫醒了。一听说有"紧急任务"，神经质地一骨碌从床上坐起来，穿衣、着袜、蹬鞋，眨眼工夫披挂整齐，并立即去叫他的副驾驶飞行员小陈。

陈士印一把拦住他："不要叫，你一个人就行了，今天我给你当副驾驶。"说着，顺手抓过一件皮飞行服催陈修文快走。

这时，副驾驶飞行员醒了。陈修文走过去附在他的耳边低声说："起床后，你帮我把被子叠一下，通知大家我回来检查内务卫生。"

"快走，快走！"陈士印急得火烧屁股，催得陈修文在枕头下的手表也没带，床上的被子来不及叠，匆匆忙忙下了楼。

陈修文走出宿舍楼，黑暗中看到几个人影好像热锅上的蚂蚁在小车旁边转来转去。他走近一看，不禁愣了一下，其中的一个有些面熟，但又记不起在什么地方见过面。这就是周宇驰。

周宇驰确实是个神秘人物。他是林彪反党集团"小舰队"的核心人物，是林彪为他儿子林立果指定的狗头军师。这家伙个子矮小，秃顶，其貌不扬，可一肚子的坏主意。为了搞反革命阴谋，他经常来找陈士印秘密学开直升飞机。陈修文偶然在机场上和他照过面。

周宇驰见陈修文来了，急忙掏出一张林彪的亲笔"手令"，在他面前神秘地晃动一下说："任务紧急，要保密，对谁都不能讲。"说完一把拽住陈修文上了车。

听说是执行"副统帅"交给的任务，陈修文感到事关重大，非同小可！

## 蛛丝马迹，陈修文心中起了疑团

夜色中，小轿车奔驰在营区通往机场的公路上。时值初秋，北方的天气已有几分凉意，但陈修文紧张和兴奋的心情，使他丝毫没有感觉。军人以服从命令为天职，此刻他没有也不容许他想别的什么，高度的责任心驱使他在思索怎么完成好今天的"紧急任务"。

不一会儿，车子开到了停机坪。陈修文下车走向自己的飞机。这架代号为3685的直升飞机，是他最亲密、最心爱的伙伴，与他朝夕相处已8年之久，他熟悉机上的每一个零件就像熟悉自己手上的指纹一样。他曾驾驶这架飞机多次执行过重要任务，转战南北，形影不离。

不过，以往每次执行任务，领导都会把任务的要求、目的、意义讲解得清清楚楚，可是今晚他又要驾驶3685出征，却还不知道飞往何处……他心里有些茫然，也感到今晚的任务有点特别。

陈修文像往常一样，仔细地进行飞行前的检查。他看到周宇驰他们在急急忙忙地把几个沉甸甸的黑皮箱往飞机后舱里装。"深更半夜装这么多皮箱干什么呀？"陈修文心里自问。

这时，在停机坪站岗的警卫战士走过来，向他们要开启"铅封"的命令。陈士印忙把警卫战士拉到一边，说："我是副大队长，上面有紧急任务，回头再补办手续。"但警惕的警卫战士还是把这一情况报告了团部值班室。

陈修文检查完毕，跨进了驾驶舱。这种型号的直升机，并排有两个座位，左边是正驾驶，右边是副驾驶，正、副驾驶都可以操纵飞机。陈修文坐在左座，陈士印坐在右边，接着周宇驰也穿着陈士印给的飞行服挤进来，坐在驾驶室的右后方。于新野、李伟信爬进了后舱。后舱和前舱是用一扇铁门隔开的，周宇驰上来后，把铁门锁了。

陈修文打开了航行灯。可灯刚一亮，就被周宇驰关掉了。

陈修文打开电台。可正要同航行调度室联络，周宇驰马上阻止："不要联络，开机！"

马达随即转动了。按照规定，必须等到滑油的温度上升到40度才能接通旋翼升空，但轰鸣的马达声震得周宇驰胆战心惊。

滑油温度才升到25度，周宇驰就指使陈士印扳动了旋翼开关。陈修文见了，用手把开关严严盖住，不满地瞪了他们一眼，厉声说道："干什么？想把飞机搞坏？"

周宇驰、陈士印无奈。

滑油温度在缓缓升高，26、27、29、30……周宇驰再沉不住气了，喊道："紧急起飞！"

陈士印从右边强行接通了旋翼。

此时，已是9月13日凌晨3点15分，3685号直升飞机在沙河机场起飞了。

"怎么飞？"陈修文不满地问。

"航向，320°。"周宇驰命令道。

……

这一连串的不寻常举动，在陈修文脑子里生出了一个又一个疑窦：慌慌张张地执行什么任务？不准带副驾驶、不交代具体任务、不准开航行灯、不准同航行调度室联络、滑油温度不到就强行接通旋翼……这，搞的什么名堂呢？！


## "飞乌兰巴托！"
### ——叛徒的伪装剥落了，露出了狰狞的面目

陈修文闷不吭声地紧握着驾驶杆，认真地观察仪表，操纵飞机在无边的夜空下"静默"飞行，一闪一闪的尾灯像一颗流星，向西北方向飞去……

飞过燕山、长城，突然，耳机里响起了地面机场的呼叫："3685，3685，我是×××，我是×××，你在哪里？请回答。"这是空军张家口机场传来的无线电联络信号。

听到地面指挥员的呼叫，陈修文赶忙按下通话开关，正要回答，周宇驰又慌忙止住："任务机密，不要回答。"

既然任务机密不准回答，那为什么地面又在呼叫呢？陈修文好生奇怪，心里的疑团越来越大，军人特有的警觉性提醒他倍加注意。

虽然周宇驰没让陈修文与地面通话联络，但机警的陈修文却把他同周宇驰等人的对话，原原本本地传给了地面。

原来，陈修文在同周宇驰讲话时，机智地按下了驾驶杆上端的"发话"按钮，无线电信号已神不知鬼不觉地传到了地面指挥

所。慌乱中的周宇驰和陈士印被蒙在鼓里，一点也没有发觉。

直升飞机在继续飞行。张家口机场航行调度室不时收到陈修文和周宇驰等人的对话，下面是当时调度值班员的录音记录：

"往哪里飞？"警惕起来的陈修文问。

"向北，保持航向。"周宇驰回答。

再向北就要到国境线了。陈修文对这一带的地形地标十分熟悉。他驾驶飞机飞了8个年头，无数次地飞过这条航线。地面的灯光告诉他：已经到了张家口上空了。按照过去的惯例，必须在这里降落，检查、休息、加油。于是，他打定主意，下决心探一探这次"紧急任务"的奥秘何在。

陈修文压了压驾驶杆，降低了飞行高度。

航行调度室的录音机里，继续录着机上的对话：

"干什么？"周宇驰忽然问。

"着陆？"陈修文若无其事地答。

"不行！"周宇驰吃了一惊，立即掏出一张准备好的"北京→乌兰巴托→伊尔库茨克航线图"，命令说："飞乌兰巴托！"

什么？飞乌兰巴托？陈修文头脑里嗡的一声，热血直往胸口冲，他极力使自己镇定下来，坚决地说："油量不够了，要下去加油！"

"你要落地，我就打死你！"周宇驰凶相毕露地掏出了手枪，对准陈修文的右太阳穴凶恶地狂叫起来……

叛徒伪装完全剥落了，罪恶的阴谋彻底暴露了，叛国分子赤裸裸地露出了狰狞的面目。陈修文面对的是一帮凶残的敌人。

此刻，陈修文浑身的热血在奔涌，心在突突地狂跳，面对这伙凶恶的敌人，自己如何来对付他们呢？陈修文在茫茫夜空，只身一人，别无他途，只有跟他们拼，决不能让他们的阴谋得逞。

陈修文迅速作出决断：返航！

为了迷惑这帮家伙，他就手把组合罗盘上预定航向指针倒拨了180度，飞机已经掉头往南飞了，但指针仍然指着北方。

"怎么回事？"狡猾得像狐狸一样的周宇驰从另一个罗盘上发现了航向的变化，气势汹汹地问。

"那个罗盘坏了，以组合罗盘为准。"陈修文斩钉截铁、无可置疑地回答。

"你骗人，飞机怎么拐弯了？"周宇驰仍疑神疑鬼地嚎叫。

"有飞机拦截，作机动飞行。"陈修文不动声色地回答。他驾驶飞机故意左左右右地猛转了几个大弯，做出真的像躲避歼击机追击拦截的样子，把周宇驰甩得晕头转向，不明所以。

陈修文加大了油门，驾驶飞机向着北京全速返航……

# "灯光，北京的灯光！"
## ——陈修文驾驶着飞机飞回来了

就在陈修文与周宇驰机智勇敢地周旋的时候，党中央、毛主席采取了果断措施：部队已进入一等战备状态；驻守在北京、天津、张家口等地的歼击机航空兵，出动了歼击机升空拦截。陈修文看到两架歼击机从头顶上空呼啸而过，地面指挥所也在不停地向他呼叫。歼击机矫健的身影和战友的急切呼唤，给了他巨大的鼓舞和力量。

尽管敌人张牙舞爪杀气腾腾，尽管乌黑的枪口抵着后脑勺，陈修文全然不予理睬，他镇定自若，全神贯注地驾驶着飞机，向着心中一个明亮的目标——北京，一往无前地疾飞！

飞着，飞着，蓦地，正前方跳出了一点灯光，1点，2点，3点……霎时汇成一片灯海。啊，灯光，这是北京的灯光！北京快到了，北京啊，我回来了！陈修文的眼眶被泪水模糊了。

机翼下是浩瀚的灯海，照耀着陈修文的航程，为他导航、为他指路，他恨不得一下子扑进北京的怀抱。

这个出生在淮北平原贫苦农民家庭的孩子，对北京，对共产党、毛主席有深厚的感情。他忘不了，是共产党、毛主席把他从旧社会的苦海中解救出来，使他丢下了讨饭棍，握起了驾驶杆，驰骋在万里长空。他把对党、对毛主席的一腔忠诚全部倾注在保卫祖国的事业上。1956年春，他入伍来到陆军一个连队当炮兵，勤学苦练成为全能炮手，年年寄"五好战士"的喜报回家。1959年初，他被选送到空军航校学习飞行，他呕心沥血钻研飞行技术，以优异的成绩为自己插上了钢铁的翅膀。从此，他转战南北，搏击长空，完成了一次又一次艰险的任务，成为一只优秀的长空雄鹰。

陈修文回顾自己的成长经历，多次深情地对战友们说："没有共产党、毛主席，就没有我陈修文的今天！"

经过了一场惊涛骇浪，现在他又看到了北京的灯光，陈修文倍感亲切和温暖，他觉得眼睛更亮了，心里更明了，胆子更壮了，他觉得浑身充满了力量，无所畏惧。

可是，这灯光，北京的灯光，对周宇驰一伙来说，却像无数把尖刀直刺他们的胸膛，他们惊恐万状，感到完了，一切都完了。

周宇驰嚎叫着："你怎么飞回来了！"他用枪口逼着陈修文："飞钓鱼台！"

这又是一个作垂死挣扎的毒辣阴谋。

钓鱼台，是党中央领导居住和重要外宾来往下榻的地方。为了达到谋害毛泽东主席的罪恶阴谋，两天前，周宇驰曾坐在小车上窥探过钓鱼台的地形，绘制了钓鱼台的地图。很显然，穷凶极恶的周宇驰死到临头还想在这里制造一起震惊中外的政治事件，捞一根稻草。

"办不到！"陈修文轻蔑地看了周宇驰一眼，把驾驶杆攥得更紧了。他从仪表上发现油料剩下不多了，不要多久就会耗尽。他驾着飞机径直飞到了沙河机场的上空。

机场上，部队早已作好了准备，跑道灯、探照灯都已打开，定向台、导航台、指挥塔台的机器全部开着。大家严阵以待，准备捉拿叛徒。

飞机在下降。可是，当下到离地面只有一百来米，眼看就要着陆时，飞机又突然被拉起来，歪歪斜斜地向北飞走了。

原来，飞机上展开了一场操纵飞机的争夺战。陈修文正操纵飞机降落，陈士印却从右边把飞机拉起来。他们两个推推拉拉，飞机摇晃不定，像个醉汉。

陈修文看到飞机的高度很低，担心操纵失控，触地坠毁，便让陈士印拉起升高。因为飞机要保住——这是人民的财产；装在后舱里的皮箱——虽然不知道装的是什么东西，但他断定绝非一般，一定要保存完好。

几经争夺，陈修文又牢牢地控制了飞机的操纵。他一面驾驶飞机继续朝前方飞行，一面在思考如何处置身边这几个坏蛋，头脑里快速地掠过一个个应急方案……

## 陈修文像一头愤怒的雄狮向周宇驰扑去，砰砰两声枪响，鲜血染红了机舱

天已破晓，大地即将醒来。

晨曦中，古长城的轮廓依稀可辨；山坳里，金色的高粱、玉米在晨风的吹拂下，频频点头。陈修文侧目窗外，心里不禁一喜：前面不是怀柔县的沙峪吗！

沙峪，是陈修文熟悉的一块土地。他曾同战友们野营拉练在这里驻训，到群众家里搞过家访，和大伯大妈村干部促膝谈心，与社员群众一起下地劳动，挖地刨沟，挥汗如雨。他熟悉这里的地形地貌，四面的群山将这里围得铁桶一般，中间一条小河蜿蜒而过，眼下正是枯水季节，河床干涸而宽阔。凭陈修文的经验，这里是可以降落直升飞机并解决机上这几个坏蛋的好地方。

陈修文下定了决心：就在这里降落！

但是，他并没有马上降落着陆。他看了看油量表，副油箱里还剩了一点油，必须把它耗尽，不然这帮坏蛋可能会制造事端，让飞机起火爆炸，或者将飞机开走；同时，陈修文觉得要让飞

机在低空多飞几圈，为的是向沙峪的群众报个信，唤起大家的注意。

飞机在空中盘旋。一圈、两圈，果然，周围几个村落的群众，被发出隆隆马达声的"飞鹰"吸引住了。就在这时，机舱里预告"油已耗光"的红灯也亮了。

时机已到。

陈修文驾驶飞机下降高度，200米、100米、50米……离地面只有30米了。他敏捷地将座椅底下的防火开关突然提起，一下子切断了油路。

内行的人都知道，这是直升飞机空中停车的安全高度，触地时不会摔坏或爆炸。

就在飞机空中停车坠地前的一瞬间，一个惊天动地的壮举出现了：只见陈修文身子一侧，像一头愤怒的雄狮，向着周宇驰猛扑过去。他伸出一双铁钳般的手，恨不得一把将叛徒的脖子掐断。

周宇驰见势惨叫一声，将身子往后一倒，扣动了手枪的扳机，"砰、砰"两声枪响，两发罪恶的子弹，一发穿透了陈修文的心脏，一发从他的右太阳穴穿进，左太阳穴飞出。

陈修文应声倒下了，喷射的鲜血染红了整个机舱。

坐在副驾驶位置上的陈士印，被擦耳而过的枪声吓得昏死过去，像断了脊梁骨一样，瘫倒在驾驶舱里。

猫在后舱的于新野、李伟信吓得魂不附体，听到前舱枪响，拿起手枪胡乱向前舱射击。

正巧，子弹打在周宇驰的左胳膊上。受伤的周宇驰破口大骂："娘的，瞎了眼啦，都打在老子的身上。"

周宇驰像一条疯狗跳下飞机，走到后舱放出了于新野和李伟信，骂了他们一顿娘，接着举起手枪，丧心病狂地朝飞机副油箱连打几枪，企图引爆起火，毁灭罪证，然而油料已经耗光，油箱上只留下几个小小的洞眼，留下了他们失败的记录……


## 三个叛徒同时开枪，两死一生，
## 留下了一个"活证据"

叛徒的一切阴谋诡计，在陈修文的面前，都全部落空。

周宇驰、于新野、李伟信如三条丧家之犬，赶紧离开飞机，跌跌撞撞地夺路逃命。

然而，办不到了！

枪声，打破了黎明的静谧，震怒了群山；飞机马达的轰鸣，唤醒了四面八方的群众；8341部队的摩托化分队正飞速向着沙峪开进。

早起跑步的沙峪公社党委副书记第一个向飞机降落的地方赶来，他虽然无法知道飞机上所发生的一切，但他看到这架飞机在头顶久久盘旋，感到有些异样，便叫了几个社员一起赶到了飞机着陆的现场，想弄个明白。

来到机旁，朦胧中他们隐约地看到有两个人搀着一个人，一拐一拐地朝玉米地走去。那就是周宇驰、于新野和李伟信。

公社副书记爬上飞机前舱，隔着玻璃往里一看，妈呀，一大摊鲜血吓得他险些跌落下来。

他屏住呼吸定睛细看，只见并排躺着两个人，靠左边的血肉模糊，已经死去。靠右边的肚子还在一起一伏地动，没有死。这是陈士印。

他忙唤几个社员过来，七手八脚地把陈士印从飞机上抬下来。

陈士印在地上躺了一会儿，忽地站了起来。这家伙贼喊捉贼，煞有介事地说："不好，出了叛徒！"他问围观的社员，"你们这里有没有电话，我要向上级报告。"

不明真相的群众哪知其中的内情，两个社员便带着他去村里打电话。

电话没接通，陈士印回到飞机旁要求上飞机用无线电台联络。

高度警惕的公社副书记想，他上去把飞机开跑了咋办？不能让他上去！

副书记吩咐两个社员看守着陈士印，自己带着几个社员分两路行动，一路去公社报告，一路去追赶刚才走了的那3个人。

副书记领着大家跑步追赶了几百米，一个社员发现了李伟信。

狡猾的李伟信身穿军装，搞了个"金蝉脱壳"之计，他指着前方撒谎说："我是解放军，快追，坏蛋往前面跑了。"骗走了这个社员后，他一头钻进了玉米地。

3个狼狈不堪的坏蛋，上气不接下气地盘腿坐在玉米地里，感到末日已经来到。一向气焰嚣张、颐指气使的周宇驰，此刻像一个泄了气的皮球。他望着于新野、李伟信绝望地说："现在一切都完了，跑是跑不掉了，与其让他们活捉，不如我们自杀算了！"这个信奉所谓"江田岛精神"的恶棍喘了喘气，接着说："你们怕不怕死？如果怕死，我就先把你们打死，然后我自杀。"

于新野、李伟信同时回答说："不怕，我们自己来。"

周宇驰说："那好，咱们都拿枪对着脑袋，我喊一、二、三，同时开枪。"

一场人间罕见的恶剧、闹剧、丑剧开幕了：三个家伙都拿起枪，顶住了自己的太阳穴。随着周宇驰"一、二、三"的口令，"砰、砰、砰"3声枪响，周宇驰、于新野的脑袋立马开了瓢。可贪生怕死的李伟信却没有朝自己的脑袋开枪，他把枪口往上一扬，子弹上了天。

多行不义必自毙，周宇驰、于新野自己掘墓埋葬了自己。李伟信这个曾无数次信誓旦旦"不成功便成仁"效忠林家父子的小丑，枪口下苟且偷生，留下了可悲的笑柄。

听到枪声，已赶到现场的解放军战士和沙峪的民兵、社员群众，从四面八方拥来，高喊着"抓坏蛋！"包围了玉米地。

李伟信当场被抓获了。

陈士印被群众扭送交给了人民解放军。

周宇驰、于新野暴尸荒野。

……

朝阳，冉冉升起，山河更加壮丽。

一场惊心动魄的战斗结束了。一切，又归于平静。

## 伟大的战士，光辉的形象

"9·13"作为一个重大政治事件的代名词，记入了历史。

这一天，被指定为共和国执政党"接班人"的林彪公然带着老婆、儿子叛国出逃，留下了永远的耻辱。而一个普通的解放军飞行员陈修文，却用自己的鲜血和生命，表达了对人民的忠诚，捍卫了共和国的尊严，为人民解放军增添了夺目的光彩。

陈修文的壮举，为党和人民粉碎林彪反革命集团的斗争做出了巨大的贡献，建立了不朽的功勋：

——大批党和国家的核心机密被保全，如若落到他人之手，后果不堪设想；

——巨额的美元、卢布免遭损失，这是人民的血汗；

——飞机回到了人民的手中，这是国家的宝贵财产；

——尤其是叛徒李伟信和陈士印被抓获，为党和人民搞清林彪反革命集团的许多罪恶事实，留下了无可辩驳的"活材料"、"活证据"。

英雄的战士陈修文，功高泰山，光昭日月。

像英雄董存瑞、黄继光、杜凤瑞、雷锋一样，陈修文以英雄的壮举为人民军队增添了新的光辉。

# 飞向光明
## ——黄植诚少校驾机归来目击记

1981年8月8日上午9时28分。

福建前线某机场。

一架台湾国民党空军F-5F型飞机飞临机场上空。

机场的场站站长、政委以及数百名空军战士、在机场施工的民工们严密注视着……

驾驶这架飞机的是国民党空军五联队少校飞行考核官黄植诚。他不满台湾国民党的黑暗统治，早怀投奔光明，回归大陆之心。这天，当他驾机从台湾桃园机场起飞，便毅然决然地向祖国大陆飞来。

在机场有关人员指挥下，黄植诚驾驶的飞机平稳地降落下来，缓缓停下。黄植诚打开座舱盖，托起头盔，微笑着在座舱里站起来，这时，机场上的人群向他奔过去，他被卷进了一片热烈欢迎的激情旋涡。

"欢迎你，祖国大陆的人民欢迎你起义归来！"场站站长迎上前去，扶他走下飞机。

"欢迎你，你是中华民族好样的。"场站政委紧紧握住他的手，代表机场全体指战员表达热烈欢迎之情。

欢迎欢迎，热烈欢迎……地勤战士、警卫战士跑过来了，民工们围过来了。人们高举着双手向他热烈鼓掌。

黄植诚望着这一张张笑脸，听着这亲切的话语，眼睛里闪着晶莹的泪花，他感慨万分地对大家说："我早就想回来了，今天，我的愿望终于实现了。"

是啊，回来了！这里是祖国母亲温暖的怀抱。

# 李大维少校：为祖国统一而来

　　"我勇气十足地到一个陌生的地方去，离开了慈祥的父母、贤惠的妻子、可爱的女儿；我要对自己的所作所为负责，为祖国的统一尽一点力量。"

　　"我希望台湾当局不要难为我的亲人。"

　　1983年4月21日深夜，台湾国民党陆军航空队少校李大维，写完了这张字条，辗转反侧，久久难眠。今天，他接到一个代号为ACP试通飞行任务，决定抓住这个机会，飞回大陆。还有几个小时，天就要亮了，他梦寐以求的愿望就要实现了。

　　刚才，他和分居两地的、在台北代安贸易公司工作的妻子毕德惠通了电话。他们结婚六年了，感情融洽。今天，他多么想把自己的心里话告诉贤惠的妻子啊！可是，眼前的处境艰难，他不能莽撞，只能像往常一样，向妻子问寒问暖。他颤抖着手，放下了电话。

天亮了，浓雾重重。这对李大维来说，正是飞回大陆的好机会。他把亲人的照片收拾进随身携带的手提包，为了不惊动睡梦中的弟兄，没开小汽车，只是轻轻地推出一辆自行车，直奔机场。

花莲空军机场，这时正下着毛毛细雨。他镇定地把空军加油班的人叫来，给飞机加满了油，又去办好起飞手续。为了麻痹在场的官兵，李大维还特意把自己的手提包放在副驾驶的位置上，表示副驾驶已经来了。

一切准备就绪。李大维驾驶的U－6A型8018飞机，缓缓地滑行在跑道上。他在这样的跑道上已经滑行了10年。

李大维出身国民党"军人世家"。他1950年生于金门。1970年毕业于国民党陆军军官学校，被授予少尉军衔；1972年考入陆军航空队训练班，1973年毕业，被分配到陆军总部航空队，升任上尉；现任陆军航空队第一大队观测中队一分队少校分队长，已飞行2600多个小时，曾两次被评为"国军英雄"，两次受到蒋经国的接见。

他生活在国民党军队上层的圈子里，耳闻目睹了国民党统治下的台湾，政治污染，社会黑暗。他感到在台湾生活绝望了，再这样生活下去，自己就要沉沦了。

在绝望中，他开始收听大陆的广播，看大陆空飘来的传单，向来台湾旅游的留学生、观光客打听大陆的情况。祖国体育健儿在国际比赛中屡屡获胜，使他感到作为中国人是骄傲的。祖国大陆的四化建设欣欣向荣，使他看到中华民族的希望；黄植诚少校、马璧教授回归大陆，为他树立了榜样。他决心为祖国统一贡献力量。

有好几次，他收听大陆对台广播的寻人启事后，曾匿名按照启事的通讯地址，告诉不曾相识的在台军政人员，以便他们早日与大陆亲人通讯。

现在，飞回大陆的机会终于到来了。9时50分，他不慌不忙地拉起了操纵杆，驾驶飞机，冲上了天空。飞机在飞临基隆港上空时，被国民党空军指挥系统发现。U－6A的特点是速度慢。为了防止拦截，他机警地降低了高度，贴着海面向大陆飞行。海风卷起的白色浪花，不时拍打到飞机的起落架上。他沉着地把飞机驶入祖国大陆的怀抱……

回到大陆后，李大维对笔者说："人都是有感情的。我上有父母，下有妻女，在这种情况下离开亲人是残忍的。但是，人又是有理想的，不能光为吃好穿好活着。我无法忍受台湾社会的腐败。我是为理想而来，为祖国统一而来的。"

# 有这样一位大使夫人

## ——访司徒双女士

    在非洲西北部的摩洛哥王国，中国大使完永祥夫人司徒双女士是一位颇有影响的人物——她走遍摩洛哥十几座大小城市，举办"中国艺术史讲座"，在摩洛哥掀起了一股中国文化热；她以《从法国17—18世纪的装饰艺术看中国的影响》为题，在巴黎苏尔本大学通过博士论文答辩，戴上了博士帽；她利用通晓法语、英语和西班牙语等多种语言的优势，在摩洛哥上层人士中，在大学里，在世界各国驻摩洛哥的使节和夫人们中宣传介绍中国文化，广泛结交各国朋友，受到人们的高度评价。一位驻摩洛哥的欧洲国家的大使称："司徒双女士才华出众，知识渊博，具有很强的活动才能，这在世界各国驻摩洛哥的大使夫人中是少有的，她是具有五千年文明史的中国的当之无愧的代表……"

人们可曾了解？就是这位大使夫人，胸中裹着一颗赤诚的"江西心"。几年里，她在异国他乡，积极地宣传江西，她以其特殊身份，在摩国上下活动，向摩国人民宣传介绍江西的历史文化、资源优势、名优产品等，并不遗余力地为江西牵线搭桥，成为江西走向摩洛哥的"开路人"。司徒双同任期已满的完大使一同回国后，笔者在北京拜访了她。

## 最难忘却江西人

司徒双女士是50年代从新加坡回国的归侨，祖籍在广东开平县。她出生在一个颇有名望的知识分子家庭，父亲早年毕业于燕京大学，就是那位被鲁迅先生称为"以他自己的力，终日在画古庙、土山、破屋、穷人、乞丐……"的司徒乔君——后来的中央美术学院著名爱国华侨画家；母亲冯伊湄也是早年复旦大学的才女。司徒双的一家三代，几乎都同江西有"缘分"，建立了一种特殊感情：司徒乔老先生同江西的著名国画大师傅抱石是一对交情甚深的画友；冯伊湄女士同庐山植物园第一任院长陈封怀先生是青年时代的好朋友，两家人一直保持着密切联系。用司徒双自己的话说：就是在江西有一个"叔叔"，一个"伯伯"。司徒双的丈夫完永祥，"文革"期间，曾在外交部开办的上高农场劳动了一年多，当时，他任农场一连连长，负责建房。现在那里还有他亲自组织和参加建的房屋。至于司徒双本人，对江西的印象那就更深了。

1938年，还是孩提的她，就随同父母及两个姐姐一同逃难来到九江，在浔阳江头熬着最辛酸的日子。1972年，她同母亲带着儿子和女儿在庐山住了一段时间。两度来江西，都是在我国历史上的非常时期。具有奇特意味的是，兵荒马乱岁月的颠沛流离和"文革"动乱的忧虑生活，却留给司徒双对江西美好而深刻的记忆。

她向笔者谈及了1972年她在庐山遇到的这样两件事：一次，一家电影制片厂在庐山拍电影，当时，围观的群众很多，她的不满五周岁的女儿司徒完满也挤在人群中。电影拍完了，完满跟着"群众"后面走，路越走越远，人越来越少，不知不觉走到了芦林桥，小完满发觉不对头，但又不认识回家的路，便站在大桥上"哇哇"地哭了起来。而司徒双正为小完满的丢失焦急万分，四处寻找。就在这时，"东方红派出所"的一位民警将小完满送到了家。20年过去了，小完满已长大成才，在加拿大攻读比较文学博士学位，她对在江西生活的那一段情景已记不清了，只知道庐山有个"东方红派出所"。可对司徒双来说，却永驻了一种"母亲找到女儿"的心情。还有一件事是：司徒双邻居的一个小男孩，常同儿子完强和女儿完满一起玩耍，三个孩子情同兄妹。一天，小男孩来找兄妹俩玩，正好司徒双带他们外出了，那小男孩便一直在她家门口等，待司徒双他们回来时，发现那小男孩伏在她家的门槛上睡着了。说到这里，司徒双脸上掠过一丝中老年人特有的深沉母爱表情，说道：不知这孩子现在在哪里，真想见见他。转而，她继续说："江西人真好，重情义，老实、厚道，给我印象最深的还是老表。"

## 她看江西是块宝

在阔别了20年之后，司徒双于1991年底和1993年5月中旬两次来到了江西。前一次是随外交部组织的驻外使节参观团来的，当时，正值摩洛哥王储访华，完大使要在京陪同，离不开。满怀的一腔对江西的怀念之情，使她感到错过这次访赣将是一件憾事。于是，她自告奋勇，"独身"来江西，成了使节团里大使夫人们中的唯一"女单身"。1993年5月，应省有关方面和景德镇市政府的邀请，她同完大使一起再次来到了江西。"踏上江西的土地，就有一种回家的感觉，特别亲切。"司徒双用这句话

"点"出了到江西的内心感受。

这两次来江西，司徒双先后到南昌、吉安、宜春、抚州、九江、景德镇、鹰潭7个地市的部分工厂、农场及旅游景点进行了考察访问。她走到哪里，都听得认真，问得仔细，还不时作点记录。1991年随使节团来江西时，每到一地，她都要"钻"进去，都要看个明白，问个究竟，因此经常"掉队"，在车上清点人数时，使节们开玩笑说：司徒双一到了就都到了。通过两次访问，司徒双对江西的认识更全、更深刻了，她为江西改革开放所发生的巨大变化和经济建设的成就感到由衷的高兴。谈到最近这次访问江西的印象，司徒双说："不到两年时间，江西就当刮目相看，九江长江大桥和昌九一级公路通车了，南昌、九江、景德镇等地到处都在施工搞建设，江西的飞速发展真令人振奋。"

司徒双女士长期在国外工作和生活，走遍了东南亚所有国家，到过非洲、欧洲、拉美和北美的几十个国家和地区，可谓是个"见多识广者"。在两次考察江西之后，她认为江西确是个好地方，具有很多方面的优势，在许多方面，不亚于世界许多国家和地区。

她认为江西有许多东西对外国人有吸引力，在国外是可以叫得响、打得进、站得住的。比如资源，江西的地表地下资源都非常丰富，可以说遍地是宝，这是一笔了不起的财富，对外国商人有很大的吸引力。又如：江西的名胜古迹和旅游景点很多，而且景观质量较高，像庐山、井冈山、滕王阁和景德镇市内的一些明清建筑等都很有特色，这些景点，要放在国外那可要赚大钱。以这样的景点搞旅游，可以吸引大量海外游客。"再比如"，司徒双如同数家珍似的说出了一连串"比如"：江西有许多名优产品在国外是很受欢迎的，尤其是余江木雕，很有中国民族特色，在世界各地都会受到欢迎。共青的羽绒服装，也会受到外国人的喜爱，在国外也会有市场的。说到景德镇的瓷器，司徒双更"来情绪"了。她说，景瓷是江西的宝中宝，在国外享有盛誉，非洲的一些国家，有许多家庭都有祖传下来的景瓷，人们以拥有景瓷为荣。她告诉笔者，前一次到景德镇参观，买了不少"小寿星"、"小和尚"、小花瓶送给了摩洛哥的一些朋友，他们高兴极了，当作宝贝珍藏起来。

对江西了解越多，司徒双越感到江西的可爱，因此宣传江西也就越有"劲头"。她像一个流动的"江西电台"，到法国、留尼旺岛、美国和加拿大等地，将江西的优势和具有特色的风光及产品介绍给外国朋友，引起了许多外国人对江西的兴趣，特别是在摩洛哥，她利用各种场合，相机宣传介绍江西的情况和发展变化，在她的"鼓动"下，许多摩洛哥人对江西产生了好奇感和向往。例如：摩洛哥前行政大臣本阿布德加利尔听了司徒双的介绍后，决定带夫人和女儿来江西考察木雕、竹制家具和瓷器的生产情况，并寻求与有关厂家合作。"不过"，司徒双介绍到这里，话锋突然一转，"一家人不说两家话，江西在国外的影响还是很小的，真正了解江西的外国人不多，应该重视和加强对外宣传，提高江西在国外的知名度。"

## 乐为瓷都当"红娘"

原本是北京外国语学院西方文化和艺术史教授的司徒双，对陶瓷文化有较深的造诣，深刻了解景德镇陶瓷在世界的地位和影响。她对景德镇也由此多了一份"偏爱"。可是，她在国外市场上很少见到景德镇产品。"景德镇名气很大，却养在深闺"，司徒双不时有这样的感叹。她想到摩洛哥人很喜欢景瓷，尤其是摩洛哥"瓷都"萨菲市对景德镇怀有崇敬和仰慕之情，在萨菲还专门设有一家仿制景瓷的工厂。景德镇瓷器在摩洛哥具有很大的市场，完全可以打进去。于是，1991年参观江西后，司徒双就主动提出要为景德镇办两件事：一是在摩洛哥举办一次陶瓷展览；二是帮助景德镇与萨菲市结为友好城市，以促进两国陶瓷文化的发展，进而带动江西与摩洛哥各方面的交流与合作。返摩后，她积极寻找机会，同摩有关方面洽谈此事。在一次有亚洲各国驻摩大使参加的亚洲文化晚会上，完大使和夫人司徒双被安排坐在主桌（按惯例，大使排名均以到所在国的时间为序，完大使当时是亚洲各国最早的驻摩大使），同摩国文化大臣本伊萨（后任摩洛哥驻美国大使）在一起。此时，洽谈展览，其场合和气氛都是最适宜的，司徒双灵机一动，瞄准机会，同本伊萨大臣亮了"牌"，引起了大臣的浓厚兴趣，大臣当即就决定以摩洛哥文化部的名义邀请景德镇参加艾绥拉第十五届国际文化节，并责成艺术局长麦里希具体负责。此后，司徒双又不断给双方传递信息，还就如何办好展览、运输展品、布置展馆给景德镇以具体指导。为扩大景德镇陶瓷展览在摩洛哥的影响，司徒双在摩上层官员中四处活动，鼓动他们前来参观和购买展品。

"那次展览是很成功的，长了中国人的脸。"司徒双接着介绍：景德镇展品摆在第一展室最突出的地方。开幕时，摩洛哥首相和文化大臣、教育大臣和一些银行家等高级官员先后来到展室。摩首相参观展览，这在艾绥拉文化节举办以来还是第一次；完大使和司徒双也应摩官方邀请参加了开幕式，这也是这次文化节邀请的唯一的大使和夫人。展览在摩南部的萨菲省举办时，其规格之高，场面之隆重，是前所未有的：展览地点设在摩国家陶瓷博物馆；展馆上空升起了中摩两国国旗；展览开幕时，摩国仪仗队奏起了迎宾曲，乐声中，少年儿童向完永祥大使敬献鲜花，萨菲省省长麦沃·阿依内伊尼先生亲自剪彩。这种"国宾式"的礼遇，令中国人感到骄傲。这次展览，不仅在摩洛哥产生了轰动效应，而且也获得了经济收益。据了解，展团带去的178个品种240件（套）产品，除捐赠给艾绥拉残疾人协会20余件外，其余在几天内销售一空，卖价是成本价的两倍。

为了促成景德镇市与摩洛哥萨菲省省府萨菲市结为友好城市，司徒双进行了多方面的工作。在摩洛哥期间，她找摩国政府官员联系，同萨菲省长商谈，与萨菲市官员研究，又将摩方情况及时通报给江西；回国后，她同完大使马上飞来南昌和景德镇，同省和景市有关领导商谈缔结友城事宜。返回北京后，她又立即找到摩洛哥驻中国大使，递交信件，通报有关情况。在我驻摩使馆的支持和司徒双的努力下，景德镇市与萨菲市已缔结为友好城市。

"为江西办成这两件实事，我感到很欣慰。"司徒双在介绍上述情况之后说道，"今后有机会，我还要努力为江西多做些宣传和实际工作，这算是表达我的'江西情感'的一种方式吧。"

采访结束了，望着这位于高贵典雅的气质中给人以热情和平易感的大使夫人，笔者内心充满一种作为江西人的感激，禁不住"迸"出一句："司徒老师，不！大使夫人，您的感情和心已加入江西籍了！"

# 妈妈的心愿

## 一份突如其来的电报

1981年10月11日。

从北京开出的145次列车跨过赣江，越过丰城，急急忙忙向南昌奔去。

14号硬卧车厢里，靠窗坐着一位身着蓝色劳动布工作服、50岁左右的大妈，两眼噙着泪水，焦灼地凝视着窗外。

这位大妈叫张志华，是北京第二缝纫机厂托儿所的负责人。

那天，她还在班上，女儿康宁神色慌张地把她叫到门外，递给她一张电报：

　　"复员已定，速来队，晓冬。"

　　电报是在空军某部当兵的小儿子康晓冬拍来的。妈妈感到莫名其妙：晓冬入伍才一年零九个月的时间，服役期不是4年吗？他怎么提前复员啦？晓冬的爸爸是从部队转业的老干部，他分析：肯定不是好事！提前退役，两条原因：第一，干坏事，犯错误，部队不要了；第二，自己吵着要回来，哪一条也不是光彩的。老两口一商量，决定让张妈妈去部队看个究竟。

　　南昌车站到了。张妈妈走出车站。接到妈妈电报，早就在车站等候的儿子晓冬跑过来，第一句话就说：

　　"妈妈，我不复员了。"

　　"那电报是怎么回事？"妈妈绷着脸问。

　　儿子低头不说话。

　　"好吧，回你们部队再说。"


## "妈妈，我错了"

　　张妈妈来部队两天了，那个打电报请她"速来队"的儿子，反而躲躲闪闪不说心里话。晚上妈妈想问，他说："妈妈，今晚要开班务会。"中午妈妈想问，他说："妈妈，中午我们班要捡牛粪。"接连几次,妈妈明白了,这小子和我打迂回战呢!

康晓冬愁眉苦脸找到指导员王若凤:"指导员,那件事怎么向妈妈讲呀?"指导员正想借助张妈妈做做晓冬的思想工作。他对晓冬说:"从今天晚上起,你就到招待所和妈妈住在一起。娘儿俩好好唠一唠。你不要有什么顾虑,把入伍后的情况,一五一十向妈妈作个汇报。你谈完了,我再和你妈妈谈一谈。"

康晓冬住到招待所,妈妈总算"抓住"了他:

"冬子,到底是怎么回事,能不能跟妈妈讲一讲?"

晓冬双手抱膝,一声不吭,头低下来差不多低到膝盖上。

妈妈忽然看见晓冬右手有块伤疤,就问:"你的手怎么啦?"

晓冬慌忙说:"摔伤的……训练时摔伤的……我不是写信跟您说过吗?"边说边把右手抽下来。

问题就在这块伤疤上。4月份一次劳动的时候,他和六班长为了争夺一把镐头动起拳头打起来。晓冬的掌骨基底部打折了,事后受到警告处分。他一直不敢告诉妈妈,9月份,复员退伍工作开始了。听说,有些表现不好的,服役期不满也可以提前退役。他寻思,像我这样受过处分的人,还不给"刷"啦。提前退役怎么向父母亲交差?想来想去,想出一个点子:给妈妈拍电报,要她来部队,让我们领导向她交差,至少,领导也会把我的优点、缺点全面介绍一下吧，不然的话，我自己回去，满身长嘴巴也说不清啦。于是瞒着领导，一封电报飞传北京，哪里知道，退役名单一宣布，根本就没有他康晓冬。妈妈却风尘仆仆几千里赶到了部队。你说，康晓冬怎么向妈妈交代。

第二天晚上，妈妈有些生气了："冬子，妈妈赶了几千里路到部队来，问你，支支吾吾不回答，你怎么变成这个样子？"

晓冬终于鼓起勇气，低声说："妈妈，您别难过，我犯错误了。"

接着，讲了事情的经过。

"什么？打架？处分？"妈妈睁圆了眼睛。她多么希望这不是真的啊。然而，这话确实从儿子口里说出来的，还有他手上的伤疤为证。"你呀——"妈妈想起了儿子走过来的道路。

"文化大革命"期间，晓冬上小学，妈妈经常检查他的书包，看见多了一个橡皮头，多了一支铅笔，都要问一问，怕他拿了同学的东西。晓冬当临时工的时候，偷偷地学着抽烟。每天下班回来，妈妈就说："冬子，你过来，吹口气妈妈闻一闻。"检查晓冬抽烟了没有。晓冬入伍了，妈妈坚持每个星期给儿子写信，不到两年时间写了将近100封。她给晓冬寄数理化自学丛书、《北京晚报》、《中国青年》杂志，还告诉晓冬不要一个人看，要交给连队图书室，让大伙儿都看上。想通过这一点一滴的教育，培养孩子好的思想品质。

这就是一颗妈妈的心！一颗渴望孩子成长进步的殷切的心！

想起这些，康晓冬也哭了。

次日，张妈妈见到连首长、营首长就红着眼圈作检讨："孩子打架，我没教育好，给你们添了麻烦。"康晓冬抬不起头来，饭也吃得少。营副教导员杨作军和王若凤指导员，担心张妈妈对晓冬要求过急，压力过大，就分别和张妈妈谈。全面介绍了康晓冬的成绩和错误，研究了帮助晓冬分析思想上的原因，帮助他树立改正错误的信心和办法。

又一个晚上，张妈妈说："冬子，你能不能把你的想法翻箱倒柜给妈妈摆一摆，你现在有些什么打算？"

晓冬说："妈妈，我是个受了处分的人，领导印象好不了，在部队里没啥发展了。我的同学已经有在报社当编辑的，我继续在这干下去影响前途。听说当3年兵回去就是二级工，基本工资加奖金就是60多元钱，我想当完3年兵回去。"

妈妈说："冬子，你错了。听你们领导介绍，你当兵7个月就入了团，8个月就代理班长，两次受到嘉奖，说明你有成绩，领导是肯定的。受处分以后，领导没有像你想象的那样让你提前退役，你仍然负责班里的工作，说明领导还是信任你。栽了跟头，爬起来再走，才是好样的。"

"人活在世上，光是为了挣钱就没有出息了。你当兵时，厂里已经告诉我第一批招工就有你，如果为了挣钱，妈就不让你来当兵了。妈妈快50岁了，在托儿所干了20多年，还能当什么官，长几次工资？妈妈还在拼命干，怕落后，争先进，为了什么？孩子，眼光要放远一点。大家都怕吃亏，大家都为自己，国家什么时候才能建设好？听说有些城镇入伍的战士不愿在部队干，现在不少人挖起门子把孩子往大城市调，往身边调。军队是长城，过去靠军队得到了解放，现在靠军队过上平安生活。可现在有人说军队没用了，当兵不吃香了，那都是胡说。我倒是希望你在部队好好干，部队需要你干多久就干多久。当一个好战士，保卫祖国，保卫社会主义建设事业。"

　　这一夜，娘儿俩谈到下半夜两点，晓冬最后终于说出了一句心里话："妈妈，我错了！"

## 团政委说：老张，你就给大伙儿讲一讲妈妈的心愿吧！

　　营里领导了解到张妈妈教育儿子的事，认为康晓冬这类思想问题有一定的普遍性。张妈妈热爱解放军，对子女要求严，代表了子弟兵的母亲对子弟兵的心愿，应该借这个东风，请张妈妈给全营干部战士讲一课。

在这个营蹲点的团政委张国举和营里领导向张妈妈介绍了部队战士的思想情况，拟定了讲课提纲。团政委对张妈妈说："老张，你就给大伙儿讲一讲妈妈的心愿，让战士们都领会他们母亲的希望吧，安下心来在部队工作。"

张妈妈呢，也有这个意思。她有一桩心事，因为她是北京人，来部队后很多北京籍的战士去看望她。交谈中说出了一些思想问题。有些战士发牢骚，埋怨领导，想闹着复员。其中一个叫刘国和的战士，他到张妈妈那里打听北京的招工情况，说是受了处分，混不下去了，想早点复员回家。张妈妈目睹耳闻这些情况，出于对军队建设的关心，对青年人的爱抚之心，正想找个机会给这些战士做做思想工作，所以很乐意地答应了部队领导的要求。

可是，儿子晓冬不答应，他把妈妈准备的讲话提纲抢过来，把妈妈反锁在房子里，母子俩又发生了一场争执。

晓冬说："妈妈，您不想一想，您的儿子受了处分，还去教育别人，不怕人家笑话！"

妈妈说："冬子，你犯了错误，妈妈是很痛心的。你还要想一想，营里还有其他几个战士犯错误受了处分，还想不开，他们的母亲知道了心痛不心痛？我是想把做妈妈的这种心情给大伙儿讲一讲。妈妈想你好，也想别的犯错误的战士好起来，想部队的孩子们都好，看见他们的问题不做工作，妈妈总觉得没有尽到责任。"

门开了。晓冬把讲稿扔给妈妈，说："您去讲吧，反正我不听。"

晚饭后，课堂设在营部门前的灯光球场上，6盏高悬的碘钨灯，照着几百名干部战士，张妈妈很激动：

"同志们，部队领导要我来给大家讲讲妈妈的心愿，我很惭愧，我是一个不合格的妈妈，没有把自己的儿子教育好。"

"在座的同志都知道，我的晓冬打架受了处分，我很难过。作为母亲来说，都希望自己的孩子在部队好好干。但是犯了错误怎么办呢？犯了错误以后，不要怨天尤人，要检查自己，如果不认真吸取教训，以后还可能重犯。"

大家静静地听着，有些同志为了听得清楚点，拿小凳子往前面挤。

张妈妈接着讲："有的同志讲部队纪律严，地方上自由些，想闹复员。我们国家搞四化，哪里都有严明的纪律。工厂产品质量不过关，就要扣厂长的工资。今年，我在托儿所就曾扣了奖金。因为一位阿姨把小孩摔了，那位阿姨奖金扣了。我是负责人也要扣。晓冬在部队打架受处分是纪律制裁。我在地方工作失职扣奖金，是经济制裁。没有好思想好作风，在部队干不好，回地方也混不下去。有一位同志说他在部队混不下去了，想复员。我批评了他，他好像不高兴，白白眼睛就走了。如果他想通了，我想他在部队会干好的。"

坐在队伍里的刘国和，一听就知道张妈妈讲的那位同志指的就是他，开始吃了一惊。但是他被张妈妈讲的那些实在的道理打动了。张妈妈还专门找他谈过几个小时。刘国和想：张妈妈和我非亲非友，也不是我的上级，这样苦口婆心三番五次教育我，真像自己的妈妈一样。他又想起入伍那天，妈妈抱着自己的腿，哭着说："国和，你在家老是打架，人家说你学不好了，到部队上得好好干啊。"可是，我在部队干得怎么样？想到这里，他渐渐地低下了头。

后面的同志干脆站起来听。营张教导员理解大家的心情，让同志们起立，向前三步走。这时候张妈妈才发现，她的晓冬不知什么时候搬只小凳子坐在了后面。

张妈妈继续说："每一个母亲都希望子女长大成材。晓冬犯错误我很痛心，如果你们犯错误，你们的妈妈也一定很痛心。希望你们能安心在这服役。生产上不去，国家富不了，国防没人保，外敌打进来，什么你的东西我的财产，统统都要完了。青年人不保卫祖国还指望谁保卫祖国！你们要理解父母的心情，踏踏实实地工作，完成好首长交给的各项任务。"

张妈妈讲了两个多小时，她的讲话，使干部战士想起自己父母的期望、嘱托，想起自己入伍时的决心，产生了很好的效果。讲话结束后，战士们纷纷写心得笔记，后来统计，全营有180篇之多。最不爱写心得笔记的刘国和，这次写了满满6页纸。

## 全营同志的一封汇报信

11月4日，张妈妈离开部队踏上了归途。战士们如同送别了自己的母亲。回想起张妈妈在部队探亲期间的言行，真是可亲可敬。

张妈妈看见有些战士不爱学习，语文水平低，为了激发大家对学习语文的兴趣，主动提出为大家讲了一堂《古语今析三十例》的语文课。

张妈妈和二十几个战士谈心，做思想工作。家在北京市平谷县的战士戴海峰，母亲有病，家里来电报让他探家。部队当时正执行重要战备任务，不能回去。海峰有点想不通。张妈妈开导他理解领导的难处，以个人利益服从革命利益，对他说："我回去就去看望你母亲，把家里的情况告诉你，你就安心工作吧。"

张妈妈回北京后，带着糕点就像走亲戚一样，往返100多里路，看望海峰的母亲，说明海峰因战备不能回家的原因。这时，海峰母亲的病已有了好转。她说："我还准备病好后到部队去一趟，您大姨一来，我就放心了，不去啦。"张妈妈又写信把家里情况告诉海峰，让他安心工作。

她还惦念着刘国和以及几个思想问题较多的北京籍战士，分别给他们写信，继续做思想工作。

她想到二连写黑板报缺少彩色粉笔，在北京买了20盒邮寄给连队。

她给连里、营里写信，对搞好部队教育提出自己的意见，提出和战士们比赛……

1982年1月18日，营党委代表全体干部战士给张妈妈写了一封汇报信。

张妈妈：

您给二连寄来的20盒彩色粉笔收到了，给营党委、二连党支部和几个战士的11封来信都收到了。我们将彩色粉笔分给了各连队。您的来信，有的刊登在黑板报上，有的张贴在《学习园地》上，有的在军人大会上向大家宣读了。

您给干部战士作报告后，各连以《妈妈的心愿》为题出了黑板报。营党委作出了《向子弟兵的好母亲赵趁妮和好妈妈张志华学习》的决定，并把赵妈妈和您的事迹印发给干部战士和家属，发出了争当好战士、好家属的倡议。营里还决定：聘请您为连队的业务政治辅导员。

张妈妈，我们还要高兴地向您报告，您离开部队3个月，营里的面貌发生了明显的变化。先说您的儿子晓冬吧。他现在戒烟了。劳动中抢重活、脏活干。星期天带领班里同志推着小车，到营区外面捡牛粪。训练中勤学苦练，1981年年终考核取得优秀成绩，前不久正式提拔为班长。

您最关心的刘国和的变化也是喜人的，积极参加集体活动，利用业余时间到炊事班帮厨。他会刻图章，热情地为大家服务。修理所缺人养猪，他自告奋勇当了"义务猪倌"。最近，他光荣地加入了共青团。

16名北京籍战士中，年终总结5个受嘉奖，两人被评为学雷锋先进个人。去年向党组织写了提前退役申请报告的5名同志都主动收回了申请报告。在去年受到处分的3名北京籍战士中，年终有两人受嘉奖。去年底我们组织政治和军事考核，16名北京兵都取得优秀成绩。他们表示：要在今年做出更大的成绩向您、向家里的亲人、向首都人民汇报。

全营干部战士

1981年1月18日

# 锅台上的"状元"

导弹部队招待所餐厅。

虽然有人催了好几遍了，前来就餐的客人们仍出神地望着餐桌上的各种荤、素菜，迟迟不愿下筷。

"这些菜做的真好看，我们不忍心破坏它的姿容。"一位客人说。

的确，桌上的这些菜，虽不是什么山珍海味，但实在是太美了。你看，这盘叫"飞燕迎春"，是用几个红、白萝卜刻的，燕头、燕翅和燕尾，刻得逼真极了，那姿态，就像一只真的燕子站在碟盘里跃跃欲飞。还有那"花山皮蛋"、"八宝猪肚"……犹如摆在餐桌上的一幅绚丽多彩的画图！

"哟，不光好看，味道还挺美的呢！"客人们品尝着菜，不约而同地问，"你们是从哪里请来的大厨师呀？"

"喏，就是他。"一位领导同志指着站在旁边的一个青年战士说。

他叫梁志光。

一

梁志光原是二连的号手，是一个偶然的机会把他推上锅台的。

那是1978年7月，二连的伙食每况愈下，连队在发扬民主时，干部战士对食堂的意见就提了87条。由于伙食调剂不好，直接影响到大家的思想情绪，个别同志甚至提出要调换工作单位。为了扭转这种局面，党支部决定加强炊事班的力量，采取无记名投票的方式，为炊事班挑选一名思想好、作风硬、肯吃苦的战士。

结果梁志光全票当选。

这时的梁志光是一个入伍只有7个月的新兵。他中等个头，身板敦实，黝黑的脸膛里间或夹杂着几缕红晕，看上去着实像一个从农村入伍的老实、朴素、憨厚的小伙子。入伍后，他训练刻苦认真，劳动积极带头，经常利用业余时间为战友们做好事，不到半年时间，就两次受到党支部嘉奖，难怪全连干部战士都看中了他。

指导员怕小梁思想不通，便找到小梁说："大伙选你进炊事班，你有什么想法吗？"

"想法？没有。"小梁摇了摇了头，"大家这么信得过我，感谢还感谢不过来呢！"

小梁进炊事班了，连队的绝大多数同志是投以敬佩和信任的目光的，但也有个别同志和外单位的老乡说风凉话："一个堂堂的七尺男子汉，干些婆婆妈妈的活，整天和锅碗瓢勺打交道，真是个傻瓜"；"当老炊有什么出息，传到地方上去，将来找对象都成问题。"对这些说法和议论，小梁是不屑一顾的，他自己心里早有一个谱儿：三百六十行，行行出状元。有没有出息不在于工作的本身，而在于干工作的人。张思德当过警卫兵，烧过木炭，还成为伟大的共产主义战士呢！

消息传到了他的老家，这下可真言中了，对象那边成了问题。这姑娘是小梁本村的同乡，入伍前，小梁以勤劳、忠厚的品德博得了姑娘的好感。小梁入伍后，听说小梁在部队又干得不错，很是动了一番心思，于是，便托人搭线，同小梁"交朋友"。现在她听说小梁当了"老炊"，马上就变卦了。她很快给小梁写来了断情书。

"吹就吹。"小梁看完信后，一边说着，一边把信撕成了碎片……

## 二

梁志光一头扎到炊事工作中去了。

"哎哟，糟糕，怎么长'灰毛'了？"梁志光腌的几坛子辣椒几乎快成"废品"。

这本是梁志光为改善连队的伙食采取的第一步。连队伙食基础差，他在努力做到粗菜细做，细菜精做，花样更新的同时，为连队精打细算，把暂时吃不了的菜腌起来。这次他腌了几坛子辣椒，由于没经验，加上天公不作美，不断下雨，辣椒发霉了。他马上找来司务长和班里的同志一起"会诊"。原来，腌的时候，盐沉淀在水底下，辣椒浮在水面上，被水泡烂了。"失败是成功之母嘛！"梁志光从中深刻地体会到这句话的含义，也增长了腌咸菜的知识。

为了使连队生活有一个较大的改观，梁志光发动炊事班的同志，自力更生，大搞农副业生产，开荒种菜、养鱼、养鸡、养鸭、养猪……

然而，炊事班的全部人力只有3人，要完成这样多的工作，困难实在不少。特别是养猪，大小共有13头，连队的饲料又不足，吃啥？"让我来干吧。"梁志光主动承担了这个任务。

这个任务太重了！要为连队干部战士做饭，还要打草喂猪，梁志光几乎把中午和晚饭后的自由活动的时间全都搭上了，人们看到，他从早到晚几乎没有闲的时候。有人问他，你这样干不觉得累吗？小梁回答道："我不累点，干部战士能吃到更多的猪肉吗？我累点，大家餐餐有肉吃，吃得好，身体棒，体质强，同志们搞起工作和训练来就不觉得累了。"

是的，在他的脑海里只有一条：让干部战士吃饱、吃好。"好的饭菜也出战斗力呀！"为此，他勤学苦钻烹调技术。他把自己少得可怜的津贴费积攒起来，买了大量的业务书籍，利用星期天，节假日和部队看电影、电视的业余时间，刻苦学习，晚上有时停电，他就点着蜡烛，常常自学到深夜。与此同时，他还苦练刀功、炒功、火功等基本功。

懂得怎么做饭菜，并不完全是他的目的，他的意图是要让每个干部战士吃到自己可口的饭菜。而连队几十号人，俗话说："众口难调。"为了把饭菜做得符合大家的口味，他逐个找干部战士谈，了解他们喜欢吃辣的，还是爱吃香的、甜的、咸的、淡的、酸的……根据大家的意愿做他们可口的饭菜，这还不够，他还把每周星期五定为"质量验收日"，每到这天，就和炊事班的同志一起下到各班排征求意见，收集反映，了解大家对炊事班工作的要求，力争做到让每个就餐人员都满意。

……泥泞的小路上，出现了一行深深的脚印——这是梁志光和班里的同志为在阵地上训练的干部战士送姜汤去留下的。

为了配合连队的战备训练，梁志光带领全班同志把服务范围扩大到训练现场，每逢训练紧张或天气变化时，他们就烧好不同口味的饮料送到阵地上，为同志们解渴鼓劲。这次，连队正在阵地上进行训练考核，中途突然下起了雷阵雨，干部战士一个个被淋得全身透湿，见此情景，梁志光立即组织班里的同志烧好姜汤，之后又把姜汤抬到阵地上，一碗一碗地亲手送到每个人面前。大家喝着腾腾冒气的姜汤，心里热乎乎的，训练的劲头更足了。那是一个炎热的夏天，连队进行验收考试，时间紧、任务重、要求高，当时炊事班人手也很紧张，为了保证同志们集中精力投入训练，梁志光主动要求让炊事班担任连队的电话值班任务。在半个多月的时间里，他带领炊事班的同志起早贪黑，不顾天气炎热，加班加点地干，在保证伙食质量的同时，坚持每天给阵地上的同志送两次茶水、糖水或绿豆汤。那段时间，虽然训练紧张艰苦，但干部战士个个精神饱满，没有一个体重下降的，全连战斗操作成绩获得了优秀。

# 三

"从1979年4月起，餐餐四菜一汤，每周一次小改善，每月一次大改善，连队各类蔬菜和猪肉、鱼、鸡、鸭以及鸡蛋、鸭蛋基本上自给。这美好的生活啊，就像一条彩带，把干部战士的心和连队建设紧紧地系在一起，无形中增长了连队的战斗力。"电视机里正播放着江西电视台拍摄的二连搞好伙食的经验的新闻片。

可不是吗？许多新战士下连队后，给家里的第一封信，就要高兴地汇报连队生活状况，好让亲人们放心；许多老战士和调动工作的同志，舍不得离开连队。曾经有这样一个故事：一位老战士的母亲，从农村远道来到部队，她原想和连队领导说说，让儿子早点回去种责任田。在连队生活了几天之后，这位母亲的想法改变了。她对儿子说："想不到你们生活这样好，每天都跟过年一样，比我们家里的生活不知强多少倍，你在这样好的连队当兵算你有好福气，干吧，孩子，部队需要干多久就干多久。"由于伙食好，干部战士思想稳定，情绪高昂，精神愉快，大家以充沛、旺盛的精力投入工作和训练。连队在创造"全优连"的基础上，又连续两年被上级树为先进单位。当然，二连的干部战士是十分清楚的：这里面渗透着梁志光的心血！

　　功夫从来就不会辜负勤奋的人。梁志光发奋自觉、潜心钻研，苦练巧练，掌握了一套娴熟的烹调理论和操作技术。他的火功、炒功、刀功，样样"拔尖"，特别是刀功中的剖、拉、劈、推、锯片等，更是他的拿手好戏，他动作快而利索，切5斤猪肉，用不到4分钟。他的炸、炒、烧、爆、煎、蒸、卤等也出手不凡，能做出500多种美味的荤素菜，熟背200多种风味特色菜肴的配料和制作方法。他先后15次立功受奖，被军委空军树为学雷锋先进个人。"锅台上的状元"，人们都这样称呼他。

# "亡羊补牢"的故事

一张"党员党费登记表"贴在空军某部办公室雪白的墙壁上，上面用粗黑的钢笔，端端正正地记录着这样一行：

"黄登贤10元。"

这不是一笔普通的党费！这是一个普通的战士向党表达的深情厚意，第一次交纳的党费！

然而，人们可曾想到，就是这个战士，在两年前先后受过两次处分呢？眼前这个几乎是180度的转折，是包括他自己在内的许多人，无论如何也不曾想到的。他在一份思想汇报中这样写道：

"我曾经是一个对前途、对生活绝望了的人。今天我之所以取得这些进步，完全是党组织和同志们热情关怀、耐心帮助的结果；如果离开了党的培养教育，同志们的鼓励和帮助，我黄登贤就不会有今天。"

下面介绍的就是这个部队党组织热情诚恳地教育帮助黄登贤转化为先进的动人事迹。

## "不能把他推出去"

1976年3月，黄登贤入伍来到部队，分配在某部当军需保管员。起初，他干得蛮不错，多次受到领导的表扬。可是，一年后，在资产阶级思想的影响下，他利用工作之便，监守自盗，偷取衣物，去街上贩卖，受到了一次警告处分。

一场风波平息了。黄登贤也曾表示要好好干，以实际行动挽回影响，但没想到，热恋中的未婚妻拦腰插了一杠：她要小黄给她一件女式军衣，并说：事成于心，若你真心爱我，总能办到的。

这一下，弄得小黄不知所措，经过一番激烈的思想斗争后，终于，爱情的潮水冲破了他思想上的防堤，他想办法给她搞了一件寄去，结果被邮局退了回来。这样，组织上给了第二次处分。

随着第二次处分的降临，无情的未婚妻抛弃了他；库里有的同志也指责他，说他是出了窑的砖——定了型。在这种情况下，小黄痛哭流涕，悔恨万分，接连两天没有吃饭，他恨不能立刻离开这个世界。以防万一，分库党支部派人日夜陪守着他，给他端水送饭，耐心地进行劝说，使他渐渐地平静下来。

在黄登贤两次重犯同类错误之后，有的同志担心以后再出事，提出把他调离分库干别的工作。支委会上，大家就这一问题进行了分析研究，多数同志认为：小黄屡犯偷盗错误，按说是不应留任保管员的，但是，根据他的具体情况来看，这个时候还不适宜调出。他们提出了这样几条理由：一是小黄第一次犯错误后，表示悔改的决心很大，工作上比较卖力气，第二次所以偷盗，除了他本身的思想意志不坚定外，更主要的是他那个"未婚妻"施加压力造成的，而且，他在接受第二次处分时，感到十分难过。几天不吃不喝，就是因此所致，这是可以理解的，从这里也可以看出，小黄对自己的错误的痛恨，潜藏着一种同错误决裂的内在的积极因素。二是在这个时候，小黄肯定会对自己的前途产生悲观情绪，也可能预感到失去了领导和同志们的信任。但是失去别人信任的人最需要别人的信任，如果这个时候把他调出，等于在他的伤口处再补上一刀，弄不好，会使矛盾激化。三是把一个犯有错误的战士，调到别的单位，那儿的领导和同志们对他的情况不摸底细，不便于有针对性地做好他的思想转化工作，会给兄弟单位的工作带来麻烦。四是小黄是在本单位犯的错误，我们的思想工作做得不细，也是一个不可忽视的原因，从这个角度上看，我们领导也是有责任的，现在把他一推了之，这实际上是一种失职的表现。经过讨论，大家取得了一致的意见：让黄登贤继续留任保管员，一定要使他在哪里跌倒，就在哪里站起来。

讨论黄登贤调动的问题就这样结束了。3个月后，一年一度的老兵复员工作开始了，这一年，小黄正好服役期满，他预感到等待他的将是宣布他复员的命令和他复员回乡后亲友的训斥、歧视。在那些日子里，小黄木然呆滞，神志恍惚，陷入了深深的痛苦之中。

说实在的，在当时的情形下，单从工作出发，让黄登贤复员是比较"有利"的，领导也要少操些心，况且小黄的服役期已经满了，让他走，也是正常的，小黄也说不出更多的话来。但是，部队领导没有这样做。支委会上，虽然有个别同志提出让他复员，但多数同志的意见是：现在小黄思想上还有很沉重的负担没有卸掉，精神上的痛苦还没有解除，如果让他复员，无疑对他是一个沉重的打击，对他今后的工作和生活都不利。教导员赵贵福说："小黄犯了错误，我们没有尽到应尽的责任，但是，我们不能把这种责任推给社会，不能让一个没有毕业的学生，离开解放军这所革命大学校。"最后，党支部决定：让小黄继续留队，并分工赵教导员和原管理员郭群具体负责做好他的思想转化工作。

## 从"亡羊补牢"说起

为了做好黄登贤的思想转化工作，支部的每个成员，都曾先后找他谈过话，特别是赵教导员和郭管理员，更是倾注了满腔的热情和心血，他们利用各种机会和他接近，看电影、电视也常和他坐在一起，经常同小黄促膝谈心到深夜，工作上，哪怕是小黄有一点微小的进步，他们就在大会、小会上表扬、鼓励。

在和小黄反复的交谈中，赵教导员了解到小黄考虑最多、顾虑最重的就是：自己是一个受过两次处分的人，今后同志们能瞧得起吗？现已当兵第四个年头了，要想进步也是正月十五吃饺子——晚了。为了使小黄打消顾虑，赵教导员亲切地对他开导说："只要你改掉恶习，重新做人，是能够取得同志们的谅解的。你以前犯了错误，只能说明你的过去，你的将来，还要看你今后的行动，我们支部将一视同仁，今后你做出了成绩，照样可以立功受奖。"

郭管理员是小黄的"顶头上司"，对小黄的这一顾虑也是很清楚的。一天午饭后，郭管理员找到黄登贤说："小黄，咱们散散步吧。"他们来到营区附近的一个山坡旁，在一块大石上坐了下来。

郭管理员首先开了腔："小黄，我给你讲个故事吧。"说毕，他便绘声绘色地讲起了这样一个故事：

战国时期，楚国有一个国君叫楚襄王，他非常宠信那些善于花言巧语谄媚的人，整日花天酒地，陪伴女人，听靡靡之音，对朝政的事不闻不问。一个叫庄辛的大臣提醒他这样下去很危险，搞不好连首都都要丢掉。楚襄王不听他的劝告，反而指责他说："你这个老糊涂，现在我们楚国不是很太平吗？"后来，秦国进攻楚国，并占领了楚国的都城。这一下，楚襄王傻眼了，在流亡途中，他立即派人来找庄辛，对当初没有听他的话表示后悔，并问庄辛，现在他应该怎么办？这时，庄辛对楚襄王说："我听说民间有句俗话，'看见兔子再去找猎犬，并不算晚，羊跑了再去修圈，也不算迟。'"

开始，小黄对这个故事还不太感兴趣，坐在那里低着脑袋，手里拔着脚下的草根。渐渐地，他的思绪被卷入了故事之中，玩草的手停住了，脑袋也不由得慢慢地抬了起来。

郭管理员见他听得津津有味，于是又进一步介绍说："这就是关于'亡羊补牢，未为晚也'这句成语的来历，它告诉人们，即使是在犯了错误之后，如果及时想法补救，还可以防止再受损失。"

介绍到这里，郭管理员用手轻轻地拍了一下小黄的肩膀，语重心长地说："小黄，只要你鼓起勇气，同自己的错误决裂，认真吸取教训，不仅不算晚，而且还为你今后迈开更大的前进步子铺垫了基础，恩格斯曾经说过：'无论从哪方面学习，都不如从自己所犯错误的后果中学习来得快。如果你能从错误中醒悟过来，那么，你将来会变得更聪明。小黄，我们相信你一定会变好。"

一席感人肺腑的话语，像千钧铁锤，重重地敲击着黄登贤的心田。他不由得又低下了头，陷入了痛苦的追思：

他忘不了3年前的那天晚上，他穿着崭新的军装，笑眯眯地站在镜子前上下照着，这时他的一个曾在部队当过兵的大哥走了过来，拍着他的肩膀，半开玩笑，半是嘱咐说："登贤，这下你可真要登贤哪，到了部队可要好好干啰！"

他忘不了入伍来部队的那天上午，他胸戴大红花，在锣鼓和鞭炮声中走着，站在两旁送行的乡亲们深情地向他频频挥手告别，那里面寄托着党和人民对自己的殷切期望啊！

此刻的情景，和3年前是多么相像呀：一样的话语，一样的动作，一样的要求和希望。可自己竟干出这种傻事来，真丢人啦。

想到这里，他眼圈红了。突然，他抓起郭管理员的手，十分内疚地说："我错了，对不起领导和同志们，对不起自己的亲友，我今后一定要干好。"

谈话就这样进行了两个多小时，小黄要求进步的欲望开始萌发了。当天晚上，他给党支部写了一份思想汇报，表示自己一定要痛改前非，加倍努力做好工作。

## 用爱去抚慰他受伤的心灵

要使一个受过两次处分的后进战士变为先进，并不是那么容易的事。这不仅要对本人进行苦口婆心的劝说，要支部领导的统一认识，还要说服教育周围其他同志端正看法，给其造成一个温暖的客观环境。

黄登贤的"问题"传开后，分库的一些同志对他有些"毛火"，有的私下议论、指责；有的投以冷眼，疏而远之；有的甚至"不客气"地当面挖苦、讽刺。一次，黄登贤在宿舍里跟随着广播唱着《洪湖赤卫队》中韩英的唱词："娘啊，儿死后，你要把儿埋在那高坡上。"当时，旁边的一个同志挖苦说："想得不错，不把你扔进33号就算便宜了。"（33号是该楼厕所的牌号）这话犹如针尖，刺到了黄登贤的痛处，当晚，他把头蒙在被子里痛哭了一场。

赵教导员发现这些问题后，及时对分库的全体人员进行教育，并在支部大会上要求全体党员、干部，对黄登贤要耐心教育帮助，保护他的积极性，不准挖苦、讽刺，不准侮辱人格，还要说服教育其他人员，正确对待犯错误的同志，把小黄当作自己的兄弟，多给予温暖和爱护。

在党支部的教育下，一双双热情、温暖的手伸向了黄登贤，黄登贤在分库享受着"得天独厚"的待遇：

平时不太爱说话或是曾经和他吵过嘴的同志，主动找他谈心了；

黄登贤所在的一班6个人，只有两张桌子，大家把最好的抽屉腾出来让给他；

每当出公差、勤务或是干脏活、重活，班里的同志争着去，把黄登贤留在家里；

小黄的衣服脏了，一时来不及洗，一位领导给他悄悄地洗好、晾好；

去外地出差的干部，给他寄来了热情洋溢的书信和学习书籍；

有一次，天气很冷，小黄感冒病在床上，战友们给他端水送饭，赵教导员把自己的大衣盖在他身上；

一天，小黄去某医院看病，仓库老政委乘车外出办事在路上遇见他,亲自"请"他坐小车,专程把他送到医院门口……

这一件件、一桩桩的事,感动得小黄一次又一次地流下热泪,他感到自己再也不能沉默,真要好好干了。

海浪与礁石猛烈撞击,会开放出美丽的浪花;铁锤与砧板急剧敲击,会迸发出璀璨的火星;坚冰在烈火中燃烧,会翻腾起汹涌的波涛;后进战士被炽热的爱所拥抱,会激发巨大的前进力量。

黄登贤真的发奋了。1979年4月,分库分了伙房,他主动向党支部要求去当饲养员。党支部同意了他的要求。从此,他把整个身心都扑在工作上。为了养好猪,他用自己的津贴费买了科学养猪和有关兽医方面的书籍以及给猪治病的医器,认真学习,掌握了一般兽医技术;他负责饲养分库20多头猪,每日3趟,往返近3华里挑着猪食喂猪;为了解决饲料问题,他自己动手,挖水塘、地窖、做糖化饲料,养殖水浮莲,经常起早贪黑打猪草;为了使猪健康地生长,他坚持每天用水冲刷猪圈两遍,还经常给猪洗澡、捉虱子,用白灰粉刷猪栏;母猪下崽,他日夜守在旁边,给小猪接生、擦洗、灌药,在他的精心喂养下,分库头头猪膘肥体壮。在不到1年的时间里,他就为伙房提供猪肉近2000斤,成了仓库有名的养猪"状元"。他还利用业余时间,为分库养鸡,积集肥料,开荒种菜,经常帮助伙房刷锅、洗碗、劈柴。近两年来，他基本上没有休息过一个星期天和节假日，就连夏天的中午也很少睡觉，有人给他粗略地统计了一下，黄登贤两年来的工作时间，如果以每天8小时计算的话，他已经干了3年零8个月的活了。分库上上下下没有一个不称赞、佩服他的。两年来，他先后两次受到嘉奖，被评为仓库学雷锋先进个人。在这幸福的时刻，在领导和同志们的一片赞扬声中，小黄含着激动的泪花，把自己犯错误后，在领导和同志们的耐心帮助教育下成长进步的切身感受，写了一份思想汇报，发表在《空军报》上，他把8元钱的稿费保存下来，准备有一日献给党组织。小黄的愿望终于实现了。这年11月，部队党委批准他加入党组织。他把稿费拿出来，又从自己的津贴费中拿出两元，作为自己的第一次党费交给了组织。

细说心语

# 女儿，今年你已十八岁

## ——致80后女儿（一）

萌萌：

　　这是爸爸第一次给你写信。记得十一年前我在北京学习时，曾收到过你一封信。那时，你还是一个二年级的小学生。信中的那几句话，也许是你妈妈教你写的，但我读来心里乐滋滋的。如今十多年过去了，你已成为大学二年级的学生了。时间过得是这样的快，快得似乎连个招呼都来不及打。

　　从小学到大学，是你苦读的艰难时期。我从不认为你和你这一代人很享福，相反，我内心充满同情和爱怜。你们的童年，是在竞争中、压力下度过的，失去了许多应有的欢乐。也许是我们这一代人的童年"玩"得太多了,浪费的时间要从你们身上挤出来,荒废的学业,要由你们来补偿。特别是像你这样的情况,虽然学习成绩始终不差,但又不很拔尖,总给人以"有希望"的感觉。"有希望"是很诱人的。"有希望"才会去追求,追求就要吃苦受累。于是,我们在诱人的希望下给你压力,你在希望线上苦苦拼搏。

说实话,我和你妈从骨子里是不想逼你吃苦的。你和所有的孩子一样,都有贪玩的天性。不知有多少次,你写保证:"做玩(完)了作业就去完(玩)。"你总是把"玩"和"完"用混,做作业也是边玩边做,边做边玩,常常为此挨骂挨打。你也曾表示过"反抗",指着我们:"放下你的棍子!"也曾怀着一种惊恐的心情告诉我和你妈:"报纸上登了,一个妈妈,打死了自己的儿子。"怕我们听不懂,又加重口气说:"亲妈妈呀!"我和你妈听后不禁发笑,但笑得很心酸。其实,那"笑"声是在告诉你:孩子,你受苦了。你小,当然听不出来。现在想起来,觉得似乎有点残忍,应该让你多玩一点。可是,又有什么办法呢?社会竞争这么激烈,大家都这样。

今年五月,你已经十八周岁,跨入了人生的一个新阶段。"大学生"、"十八岁"是人生的黄金时代。这样的字眼,在促使你思考应该怎样度过今后的人生之旅,也在提醒我,你已长大了，应该从这里开始走向成熟。

但是，不瞒你说，我和你妈有时谈到你时，都觉得你好像还没长大，还是个孩子。按中国传统的观念，像你这个年龄，应该是干事业、挑起家庭大梁的时候。你不是常说美国十八岁的人已开始独立了吗？可你，不仅是你，而是你们这一代人还有许多孩子气。有人曾提出"减去十年"的说法，这话的原本意思是指现在的人生活条件、生活环境好了，不易出老。可对你们这一代来讲，好像要推迟十年才能长大。我分析，"长不大"的原因有两个方面：一是孩子在家里被捧为"小太阳"、"小皇帝"，总是在家里撒娇；二是父母的疼爱之心，什么都替孩子做了，对孩子总是不放心。"长不大"的责任是双方的，主要是家长的。

坦率地说，我对你还是满意的，觉得你很可爱。这不仅仅是因为血缘关系，更因为你身上具有许多美好的东西。你心地善良，活泼热情；不甘落后，进取心强。这两点是我最为欣赏的。你的童心是一片洁白的净土，无染的绿洲，世界在你眼里是一个美好的人间。你护着一切有生命的东西，哪怕让你踩一只蚂蚁，你也决不会干，你说人家也是一条生命。家里杀鸡宰鸭，你看也不敢看，因为怕看见流血，血是生命之本。因此，你见到什么东西流血都十分同情和关切。刚上学的时候，你听老师讲，青蛙是益虫，应该受到保护，你看见家里做菜烧了青蛙，坚决不吃，而且还不让我们吃，说吃了青蛙对农民种庄稼不利。你的童心纯净无私，妈妈带你上街，一上公共汽车，你就高声叫喊："妈妈买票。"记得有一次，我们全家出去玩，因为下雨，我提出"打的"去，你说："'打的'可以，但车票以后不能报销，要不你就一个人走路去。"我听后笑了。这一回笑得很慰藉。这使我想起了我小时候的一件事。

上世纪六十年代初，我还在上小学，一天放学了，你奶奶要我去田里捡遗散的稻穗。好半天捡到一大把，回家的路上，究竟是带回家，还是还给生产队，我思想上斗争了好半天，最后还是把稻穗丢到生产队的打谷场上去了。沧海桑田，世事变迁。生长环境完全不同的两代人，在"我们是新中国的儿童"和"学习雷锋好榜样"的歌声中长大的我和在"让一部分人先富裕起来"的喧嚣声中长大的你却有着同样的思想。在你身上，我寻找到了当年的自己。我为你骄傲。可是，不瞒你说，现在我不如你。我曾经用公家的车来为自己办事。用今天的眼光来看，这是微不足道的小事。但我还是觉得像你那样才更为高尚。我更感到，在这一点上，大人不如小孩子，孩子是家长的老师。

在你的身上，还有一种倔强的性格。这种性格，在你很小的时候，是很气人的。小时候，你非常任性，什么都要按自己的想法办，不依就不行。一次，你在宿舍楼下摔了跤，你哭着指定要妈妈抱起来。结果是一位阿姨将你抱上楼来的，你怎么也不肯，坚持要跑到楼下原来摔倒的地方重新摔倒，让妈妈来抱。当时，在场的邻居都在笑，而我和你妈却为你的任性又气又担忧。但，你毕竟是个好孩子，成长的方向很正，虽然后来性格还是那么倔强，但转到学习上来了。你立誓要考重点中学，要上大学，曾在房间的大门上写下誓言："向××中学进军！！！"用了三个感叹号来表示你的决心。为了考试名次能够前移，你常常苦读到深夜。你听说有的同学复习到凌晨两点才睡觉，你也要坚持到凌晨两点。其实，你未能坚持住，常在十二点左右就伏在桌子上睡着了，你是在用行动证明你自己所说的："熬不住，等也要等到凌晨两点。"我是不赞成你这种做法的，那样，劳命伤神，事倍功半，大可不必。但我赞赏你这种说到做到、坚忍不拔的精神。去年的高考，你的成绩虽不是很理想，但我和你妈还是满意的，因为你尽了努力。高考是"一锤子买卖"，其结果不能说明一切问题，尽了努力就不会有遗憾。

过去的一切你做得很好，可以说向父母交了一份合格的答卷，虽然答卷充满稚气。过了十八岁，还有若干个十八岁在前方等待。奋斗过，还要继续奋斗。一位大师说过："人生不是享乐，人生是一桩十分沉重的工作。"干大事，成大器的人从来都是热恋奋斗的。现在，你正处在人生旺季，未来的人生图画已摆在你面前。图画该如何描绘，路该怎样走，与过去的十八年相比，今后就全靠你自己了。我别无所求，只希望你：

一、要珍惜来之不易的机会。能上大学，是你和你们这一代人的幸运，我很羡慕你。在我的人生旅途中，种过田，当过工人，当过兵，可以说，工、农、兵都干过。但是我有一大遗憾，就是在年轻的时候未能有上大学的机会。这是"文革"造成的。我们这代人，坎坎坷坷，跌跌撞撞，走到了今天，酸、甜、苦、辣都曾有过。与我们相比，你们是幸运的。有了这个机会，一定要珍惜。你年轻，精力旺盛，记忆力强，一定要抓紧时间好好学习。人与人之间本来没多大差别，后来之所以能拉开较大的距离，就是因为有的人年轻时抓住了机会。我常听有人说当初没有好好学习，现在感到后悔了。

人才是在打时间差中产生的。世界再发展，科学再先进，也永远发明不了"后悔药"。你说有的人上了大学就要歇口气，学习放得很松，这要不得，最终会耽误自己。为了给将来打下一个好基础，必须抓住现在。不要期望未来，未来是用现在换取的；不要拖到明天，明天复明天，明天何其多，凡事等明天，万事成蹉跎。耽误了现在，也就耽误了将来。要切记：事业的成功在于今天，无限希望也在于抓住今天。

二、要有一个明确的目标。定目标就是立志。目标促发着人们的动力，引导人们朝着既定方向前进。目标的高低远近是因个人情况、个人志气、才气而定的。雄鹰希冀广阔的天空，母鸡满足于二两谷糠。你的目标定在什么位置要量力而行。我感到目标定位可高些，规划可远些，但更为重要的是要切实可行。要把远大目标化近、化小。对你现在来说，就是要订个计划，要做什么，怎么去做，到什么时间达到一个什么目的，自己要有一本账，这也就是通常人们所说的"明白人"。那种"过一天算一天，吃一节掰一节"的态度是不可取的。你说，大学毕业后，想考研究生，我非常赞成。但大学里优秀生众多，人才济济，考研也绝非易事。为了达到这一目标，首先你在学习上要有个计划——每次考试成绩要达到什么标准，哪些是你的强项，如何进一步发挥，哪些是薄弱环节，怎样迎头赶上。计划制订了，目标确定了，就要克服一切困难，努力实现。

三、要有坚强的意志和毅力。在马拉松赛中，起跑时冲在前头，并非难事，但只有在到达终点时仍然名列前茅的人，才是真正的英雄。马拉松赛是比意志和毅力。毅力就是坚持的精神。大凡事业有成者，都是具有不避艰险、百折不挠、坚持不懈的精神的。我看到一则资料，说的是英国科学家道尔顿，为了研究气象，从年轻时起，每天晚上九点钟记录当天的天气情况，夜夜如此，从不间断，坚持了五十七年。在他病逝的前几个小时，还进行了最后一次观测，用颤抖的手记下："今晚微雨。"

你还记得不？那年，我和你妈带你去省体育馆观看国家乒乓球队邓亚萍等一批世界名将的表演赛。讲解员讲到乒乓球队有一句经验之谈："一天不练，自己知道；两天不练，对手知道；三天不练，观众知道。"他介绍说，队员们走向世界冠军的领奖台要出六道汗水，到第六道就是血汗了。如果没有毅力和顽强的意志，能创造奇迹吗？你所崇敬的居里夫人也曾说过："人无毅力，一事无成。"在科学家的眼里，毅力甚至比智力还要宝贵。有一位科学家在挑选助手时，提出这样的条件：智力，中等以上即可，但必须刻苦、有毅力。我有许多战友和同事，原本也无多高天赋，有的开始一纸文凭也没有，但他们凭着顽强的意志和毅力，刻苦钻研，在实践中磨炼、摔打，得到了生活的馈赠，多方面的素质都得到了提高。他们有的成为高级领导干部，有的成为著名作家。

我感到你有许多方面往往是决心有余，毅力不足。比如你现在的体育课成绩不好，做俯卧撑不及格，跑步也达不到要求，练了几天就坚持不下去，而且有放弃的念头，这就是缺乏坚持精神。孩子，一定要坚持下去，越是困难越要坚持。越在坚持不下去的时刻，越要坚持住。只有坚持才能成功。

四、要有坚强的信念和自信心。信心是常胜将军。只有满怀自信的人才能实现自己的意志。生活中许多人都有这样的体验：有信心，事就办成了一半。拿破仑说他的字典里找不到"不可能"三个字。你知道，居里夫人是个自信心很强的人。她在巴黎求学时期，过着艰苦的生活，她不仅自己不气馁，还写信鼓励哥哥说："我们应当有恒心，尤其要有自信心；我们必须相信，我们的天赋是要用来做某种事情的，无论代价多么大，这种事必须做到。"

前几天，我在一本书中看到，有一个叫班廷的科学家，以发现胰岛素在糖尿病治疗中的价值而获诺贝尔奖。他先在狗身上试验，从十条狗开始，增加到九十一条狗，试验均以失败告终。当试验进行到第九十二条狗时，奇迹出现了。这条被切除胰脏的狗，即将死亡之时，被注射了一针"岛屿状暗点的提取物"后，过了几个小时，慢慢爬起，摇着尾巴"汪汪"叫起来。前九十一次的失败，是成功的前奏。他那成功的金字塔是建立在失败基石之上的。美籍华人李政道和杨振宁是从西南联大的草屋里走到了美国第一流大学，走到了瑞典诺贝尔奖的授奖大厅。他们读书时，比你现在的条件艰苦多了，十几个人一间草房，每两星期要用水煮床铺灭一次臭虫。李政道说，成功"除了付出极大的努力，要刻苦勤奋之外，必须要有坚强的决心和信心。物质条件是次要的"。

这里，我举这些例子，并不是要你成为居里夫人和李政道式的人物，这样的杰出人才，毕竟世所罕见。但是要学习他们的这种精神。有了这种精神，才会让你更接近自己的目标。你有许多优点，理解力、反应力也很好，重要的是要在自身特定的学习、生活环境中培养自信心。

现在有些年轻人，尤其是女孩子，自信心不足，对一些什么歌星、影星崇拜得五体投地。你也有这种现象，只是不到那种程度。照我看，青年人心中应有崇拜的偶像，如政治家、军事家、科学家等一切为推动社会进步和历史发展作出贡献的人物。普通的工人、农民、解放军战士，他们具有高贵的品质、美好的心灵和伟大的精神，都是可以学习、崇尚的对象。从这些普通人的身上，你可以获得力量的源泉，但不要去盲目迷信那些什么歌星、影星，什么天王、天后的。那些人里面，除少数人有真才实学，艺术生命长久之外，他们中的大多数，也未必有你们这些孩子看到的那般值得崇拜。羡慕这些人，实在没有多少必要。我以为包括你在内的许许多多青年人，都要注意克服这种倾向，把准自己追寻的方向。

五、要正确对待挫折。世界上没有一个人是带着功勋章出生的。漫漫人生，不可能一帆风顺，必定会遇到许多烦恼、挫折，甚至失败。不称心的日子谁都会有。喀麦隆有这样一句谚语：

"雨不会下到同一个屋顶上。"还以居里夫人为例。居里夫人在丈夫皮埃尔·居里去世后，曾经绝望过，想到过寻死。但她最后终于站起来，挺起胸膛，继续前进。在丈夫去世的第六年，她又一次获得了诺贝尔奖。令人崇敬的伟大的文学家高尔基，因忍受不了生活的庸俗和残酷，在1887年曾企图自杀。当然，高尔基后来感到这是一种愚蠢的行为，感到"是一种奇耻并藐视自己"。伟人们也会经历凡人的坎坷，也有凡人的喜怒哀乐。正是这种坎坷和挫折，才造就了天才。英国文学家拜伦说：悟出生活真谛的是经历的心酸。世界上最美的刺绣是以明丽的花朵映衬于暗淡的背景，而决不是以暗淡的花朵去衬托明丽的背景。

我写下这样一段话，无非是让你对今后将要遇到的挫折有点思想准备。有了这种认识，有了这种敢于直面人生的态度，我想你今后走向社会、参加工作，遇到不顺心、烦恼、挫折甚至失败的时候，就会平静、镇定得多。根据我的体验，对挫折，一方面要辩证地认识和看待；同时，更要研究、分析其原因：指导思想是否对头，思维方法是否正确，条件是否成熟，周围环境是否允许等等。怨天尤人是没有用的，不断总结才会不断前进。

六、要有宽广的胸怀。草原大，比草原大的是海洋，比海洋大的是天空，而比天空还大的是人的心灵。在我看来，你比起一般的女孩子来，还算是开朗的，心胸也开阔。但还要豁达些、洒脱些，既要拿得起，又要放得下。细枝末节的小事不要斤斤计较，计较这些会徒生烦恼，那是拿瞌睡和枕头赌气。听到别人的批评不要钻进去想，想多了，到头来还是自己吓唬自己。同学之间，由于性格差异，爱好兴趣不同，可能会有些磕磕碰碰的事，这是正常的，有点小摩擦也难免。过去了就过去了，不必想得太多。虚怀些，大度些，宽舒些。这个世界没有什么大不了的事，什么东西都是可以战胜的。唯独难以征服的就是自己。征服自己就是人生最大的胜利。

七、要有自己的思想，耐得住寂寞。一时强大在于力，千秋胜负在于理。思想的力量胜于利剑。你是一个聪明的孩子，对一些事物也有自己的看法和认识，不人云亦云。这是很宝贵的。这里我提个醒：生活中，人多嘴杂，对同一个人，对同一事物，有褒有贬，说什么的都会有。对于你，"好话"、"坏话"都会灌于你的耳中，不听也得听。嘴巴长在别人的鼻子底下，脑袋可长在自己的脖子上。不要被闲言碎语牵着鼻子走，要辨别各种不同的声音。自己要掌握是非曲直的标准。

你活泼好动，爱说爱唱，这没有什么不好的。但我感到你还要增强对"孤独"的忍耐力。生活中，既要有社交，也要学会静处。像赵忠祥、冯巩、倪萍、周涛他们这些人，能活跃于万众瞩目的舞台上，一展自己的才华当然好，但也要看到，这只是他们生活的一面。如果一部小说，从头到尾都激荡人心，那肯定不是一部伟大的作品。舞台上的艺术家也有寂寞、孤独的时候。没有寂寞、孤独，就没有热闹、欢乐。再热闹的宴会也有散场的时刻。你思想活跃，在学校里能积极参加各项活动，这是很好的，能使你得到锻炼和提高。但到寂寞时也要耐得住。寂寞、孤独也是好事，它使你坚强，促你深思，激你创新。寂寞中也有一个广阔的新世界。

八、要诚实地为人处世。做人是世上最困难的职业。人过一百，形形色色。现今社会，五花八门，无奇不有。但不管如何，我想总该有个准则吧。有的人说：你希望别人怎样对你，你就该怎样对待别人。这话当然不错，但我觉得过于简单。人与人之间的关系是不会这么简单的。我是不太会"做人"的。但从道理上讲，我认为：精明者为人处世不应是妥协，而是适应。

你为人热情、坦率、耿直，看不惯溜须拍马、阿谀奉承的人，这说明你很有正义感。但大千世界，好人难当。有啥说啥、坦诚相见本无可厚非，可现实生活有时会让这样的人吃亏。我这几十年，就因为这个性格徒增了不少麻烦。但我并不后悔，也无需后悔。作为你，我觉得该说的还是要说，该做的也不要放弃，正确的还是要坚持。但一定要注意方法、场合，要掌握好分寸，把握好度。

你的同学，有许多是来自农村的孩子，你生长在城市，不要

124

好几块补丁，那千针万线的密密麻麻的针脚，缝进了多少爱，多少情，缝进了一颗眷眷慈母心啊！

"大嫂，"一位红军战士语气郑重地说，"这孩子就托付给你啦，请你一定要把他养大成人，不管发生了什么情况，你千万千万要保护好他，将来党和人民会报答你的！"另一位红军战士又补充道："我们代表孩子的父母感谢你们啦！"望着红军战士郑重的表情，想到孩子小小年纪就离开了亲生父母，黄月英心中一阵酸楚，泪水涌满了眼窝。

朱盛苔、黄月英夫妻俩向来以老实、厚道闻名于全村。这是一对苦难夫妻，家境贫寒，人口又多，加之老母卧病在榻，一直在饥饿中熬煎着岁月。只是近年来红军到了瑞金，领导穷苦老百姓闹翻身、打土豪劣绅，才给他们的家庭带来生机，给他们带来了新生活的希望，他们对红军充满了敬意和无限感激之情。为了支援红军，朱盛苔参加了赤卫队，配合红军打仗；黄月英在慰劳队，帮助红军做饭、洗衣服、打草鞋、纳鞋垫。现在，红军把自己的亲骨肉托付给他们，他们觉得这是莫大的信任。黄月英对两位红军战士说："告诉孩子的爸爸妈妈，请他们放心，我们一定把孩子带大，等着他们回来领！……"

从此，朱盛苔、黄月英夫妇出生入死，历尽艰辛，精心抚养和照料这个革命者的后代。那年月，社会环境恶劣，政治风云变幻，为防不测，他们给小孩改为朱姓，取名"道来"，意即从道路上捡来的……

一晃20年过去了，如今朱道来已长大成人。

王家珍满怀热望地来到了朱盛苔的家。

朱坊村并不大，七八十户人家，朱盛苔就住在村东边的一幢土砖屋里，这是兄弟俩在新中国成立前一年才盖起来的，门前一口明镜似的小池塘，塘边摇曳着几株垂柳，一看就知道是勤劳人家。朱道来就是在这土屋里，在这一片小天地里长大的。

王家珍见到了朱盛苔夫妇，他们都已四十开外年纪。朱盛苔中等个头，脸形略长，皮肤黑黝黝的，身体壮实。黄月英个子较小，齐耳短发，脸上有几颗雀斑，看上去比实际年龄大些。王家珍了解到，这是个10口之家，老母亲、4个男孩、3个女孩。老大长生就是朱道来。

可是，令人失望和懊丧的是，朱道来已经走了。黄月英告诉王家珍：半年前，道来的生母把他认领走了！……

## 4

山区的夜晚是宁静的，只有山风刮着树叶发出阵阵瑟瑟声，如泣如诉。村子里各家各户早已熄灯，整个村子深陷在沉沉的夜有什么优越感。我们也是平凡百姓。我和你妈都是带着乡间小路的泥土进城的。城市和农村，如春兰和秋菊，各有一时之秀。城里有城里的优势，农村有农村之长。黄泥沃土，不仅会长出茂盛的庄稼，更会产生叱咤风云的人物；山川田野，不仅有秀丽的风光，更能孕育出深邃奇伟的思想。在那些来自农村的同学身上，潜藏着许多优秀的品质，要虚心向他们学习，汲取他们的长处。

为人处世，要有颗平常心、平凡心。"异想天开"是不可取的，平平淡淡才是真。不突出自己的人，在人们心目中自有突出的位置。不知道怎样做名人的人，他的名字千古流芳。巴望伟大定然远离伟大。这就是生活的辩证逻辑。

九、要有正确的苦乐观。想成为幸福的人首先要学会吃苦。艰苦中藏着欢乐的种子。我在和你说到现在的青年人吃苦精神普遍比较差时，你对此不服气，你说你是能够吃苦的，可没有必要为了吃苦而吃苦，吃苦也是为了过好日子。我赞成你的观点。我的认识是，过上了好日子，也是需要艰苦奋斗的。但艰苦奋斗在今天不是表现在吃粗茶淡饭和"新三年，旧三年，缝缝补补又三年"上，而主要是表现在为实现奋斗目标不怕困难，顽强拼搏，坚定地朝着一个目标前进的坚韧精神上；表现在严格、严谨、一丝不苟、专心致志的作风上；表现在刻苦钻研科学文化知识，勇攀科学高峰的顽强毅力上。这是对艰苦奋斗优良传统的继承和发展。

你现在正是求学读书的时期，尤其需要发扬艰苦奋斗的精神。但在生活上，特别是伙食上，就不要太节约了。你正处于长知识、长身体的时期，加上学习负担较重，需要补充一定营养。吃的方面该花的还是要花，学习用品该买的还是要买。我几次同你上街逛书店，看到有的书你因价格高想买又舍不得买。我觉得有价值的书，就算贵一点也是要买的，平时可以少吃一点零食。咱家虽不富裕，可也不至于买不起几本书。我赞成你多买书，多读书。读书，特别是读到一本好书，会让你一生受益。应该说，你看的书还不算多。书到用时方恨少。你常常提到的爱因斯坦，他上大学的时候，对数学比较马虎草率，更不去认真研读，有时做笔记都要同学代劳。到了他攻克广义相对论的堡垒时，所缺的正是非欧几里得几何那个武器。后来，他花了七年的时间学习数学，调整了知识结构，才取得了辉煌的成就。书读多了，说不定什么时候就派上用场了。我想你在学习好专业课的同时，也要多看些课外书籍，说不准你成才的方向还在你的专业之外呢！

十、要把握和处理好理想与现实的关系。理想是人生之舵，理想给人以方向，给人以力量。你和所有的青年人一样，富有理想，充满对未来美好的憧憬，也想将来当这个"师"，那个"家"的，想做出一番成就来。这些我都支持，并将尽一个做父亲的责任，在力所能及的范围内给予帮助。但是孩子，你要知道，理想，理想，"理"和"想"是分不开的。"理"制约着"想"。这个"理"就是"想"的实际可能性，这个"理"更包括排除实现"想"的各种障碍。

为了你理想的实现，这几年要集中精力搞好学习。听说现在大学里很多学生谈恋爱，有的一进大学就急着找朋友，在你的同学当中，也有这种情况。这种做法不可取。青年人单纯幼稚，思想不成熟，在生活的这部书里还有许多的"生字"，过早地找朋友、谈恋爱，沉溺于男女感情的深潭里，只能是耽误青春，浪费时间。不管别人怎样，我希望你要排除干扰和影响，站稳脚跟，专心致志地学习。青年人富有激情，容易冲动。但激情容易使人狂热，理智才能使人高尚。要用理智克制激情。这些道理你也懂得。以前你在这方面的做法是对的，今后的态度还要坚定。你还年轻，才十八岁，找朋友还是几年以后的事，你目前唯一的任务就是好好学习，掌握更多的知识本领，为将来打下一个坚实的基础。

再一点就是希望你要有脚踏实地的精神，把你远大的目标同日常的学习联系起来，同每一件小事联系起来。千里之行，始于足下；不积细流，无以成江海。不要因为想干大事而不干小事。现实生活中，有许多人大事做不来，小事不愿做。"眼高手低"

也是一些人，特别是青年人常犯的毛病。孩子，要记住，不管我们踩什么高跷，都要用自己的脚。靠别人是暂时的，靠自己才是终生的。相信你会通过自己的努力，走出一条属于你自己的生活的路。

　　祝：学习进步，身体健康！

父字

1998年10月25日

# 未来在于"现在"

## ——致80后女儿（二）

萌萌：

你远离爸妈独立在外学习、生活、工作已整整十年了。十年，对于人生旅程是一大段，这样的时间节点，很易让人生发感慨。作为父亲，我也自然地会想起许多。

于是，我想在这个特殊的时候，和你谈谈你这十年的前前后后，权作咱父女俩的一次思想沟通和交流吧。

十年前，你一直生活在父母身边，从没离开过。上大学也是在家乡的学校就读。但你一离开我们就"远走高飞"，你要去遥远的德国留学。那时，出国留学还不像现在这么"流行"，而德国在我们的印象中还很陌生。一个女孩子家，从没离开过父母，一出门就去那么大老远的陌生地方，你爷爷奶奶不赞成；你妈妈更是极力反对，在一两个月的时间里只要谈及你留学的事情，都是泪流满面。我十分理解你爷爷奶奶和你妈，他们都十分爱你、疼你。其实我的心情也是一样的。现在实话告诉你，那天我和你妈在首都机场送你乘国际航班赴柏林，在你通过安检向候机室走去时，望着你渐渐远去的身影，我已止不住自己的泪水，几乎是哭了一场。有生以来少有的几次流泪中，这是我流泪最多的一次。

当时，我支持你去德国留学主要原因有二：一是你的意愿和决心。你说你知道在外面会吃苦，可现在不吃苦，哪有将来的福；现在吃点苦，就是为了将来少吃苦！你的这句话既有理想，也很有思想。作为刚刚大学毕业的80后，你能这样认识问题，不仅让我感到高兴和欣慰，也让我有些感动。孩子有这样的意愿和决心，做家长的当然要成全。二是德意志这方水土，充满了神秘色彩，这个面积不及中国二十七分之一，人口不及中国十六分之一的国家，却为世界捧出灿若星辰的科学和艺术巨匠，产生出令天地翻覆的思想巨人。在这片国土上，获得诺贝尔奖的人数占全球诺贝尔奖获奖总人数的将近一半；在这片土地上，展现了一幅西方历史和文化的宏伟画卷；在这片土地上，曾燃起两次世界战争的烽火，战败后其领导人能采取与东方的日本截然不同的态度正视历史上的战争罪责；在这片土地上，"德国制造"的产品在国际市场上畅通无阻。这是个神秘的国度，去这样的国度学成回来报效祖国，对人生也是一种难得的经历。

在你赴德留学将近五年的时间里，我们几乎整日是在担心和期待中度过。你妈几乎每天都要说到你，担心这，担心那，天天都在念叨。好在现代通讯发达，经常可以与你通电话；好在有个"MSN"，每周可以和你"面对面"交谈。否则，你妈非"想疯"不可，我也可能会被"逼疯"。因为我不仅要承受那不绝于耳的唠叨，还要承受你安全的压力，假如你安全上出点什么问题，我是要"吃不了，兜着走"的。

最难的时候总算过去了。一切过去了的都已变成了记忆和怀念。

这些年来，你虽然不在我们身边，可我和你妈常常会谈论你，尤其是你妈，突然间就会忆起你小时候一些有趣的往事，常常会引得我们发笑。有些往事，我在十四年前给你的一封信中谈到了，这里主要和你共同回忆一下上次信中未提及的有关你读书、学习方面的一些往事。这是想让你知道你是怎么过来的。通过这样的回忆，也能更清楚地了解你是在一个怎样的社会和家庭环境中成长的，了解你是一个具有怎样性格的人。

　　记得你很小的时候，喜欢练写字，可是只会画竖，不会画横，而绝大多数字都是有"横"的。为了写那一横，你就要围着小书桌四面打转转来写，常常被那一横累得满头大汗，大人想拉住你不要写都拉不住。记得你上学之前，很喜欢认字，常把一些形貌相似的字误读。一次在公共汽车上，看到街道旁出现"井冈山"、"餐厅"（简化的"餐"字）的字样，你就像发现了新大陆似的兴奋地指给你妈妈看，并大声说那是"开风山"，那是"罗厅"，引得车上的大人们笑声一片。记得你小时候常因做作业时贪玩而挨骂挨打，有一次，你大概忍不住了，"反抗"起来，喝令我们说："放下你的棍子！"记得你在家里做作业时，常趁我们不在家时偷看电视。你偷看电视还真下功夫、动脑子，简直是在和我们"捉迷藏"、玩"斗智"。为了不让我们发现你的"违规行为"，你每次偷看前都要用尺丈量电视机罩与机柜上下、前后、左右间隔的位置，并把这些数据记下来，看完后，再丈量一遍，按原来的位置放好。你以为这样就可以"天衣无缝"，结果每次都被你妈发现，你总是琢磨不透其中的"奥秘"。直到十年后，你上了大学，你妈才给你"解密"：原来，你只是注意了电视机罩，而你妈是在电视机电源插头上做的文章，她把电源插头对着电视屏幕下方框中某个字母的位置上，只要你一动机罩，插头就会移动，就会发现你偷看电视了。这种

"游戏"，你和我们"玩"了有七八年。虽然现在已过去近二十年，但每每想起，既感到有点"好玩"，心头又有一种说不出的滋味。

一位文学家说过，回忆是一个人内心的秘密。有些"内心的秘密"的回忆是亲切、美好的，心中荡漾着幸福感，有些却是沉重而辛酸的。在你读书的历程中，有一件事只要一触碰，我和你妈就会沉默。那是在你读高三的时候，一个寒气袭人的冬夜，我和你妈骑车送你去一位老师家补习数学。那晚，天很黑，刮着大风，小雨夹着雪粒像无数根银针横扫在我们的脸上，冰冰的、痛痛的。我和你妈站在老师家的屋檐下等你，借着远处路边的灯光，我们在屋檐下踱来踱去，等了近三个小时，手脚也有点不听使唤了。当时我们心里的那种感觉、那种滋味，想必你是很难感受和体会的。这么多年每当提及这事，你妈的表情就会立刻变凝重。今年春节，我们全家在北京过年，抚今追昔中，提及这件事，你妈的声音一下就哽咽了，泪水夺眶而出，真是往事不堪回首啊！

你那年参加高考的情形还历历在目。那天，由于连续的沉闷天气，终于憋了一场大雨，又有闪电雷鸣。你要参加最重要、最严峻的高考了。这是决定你一生前途命运的关键时刻，我们当然不会掉以轻心。我怕你在骑车去学校的路上出现诸如自行车轮胎被扎等预想不到的情况而耽误考试，提出要护送你去学校，你坚决不让，说如果要送，你就不去考试了。这样的时刻说出这话，对我和你妈，不，应该说对所有的家长来说，都是怪吓人的。看你这么决绝，我担心影响你的情绪，不能不依你。但是在你走后几分钟，我就追了出去，骑车悄悄地跟在你的后面。来到学校门口，那铁栏杆的校门，早已被考生家长层层围住，那一张张挂着忧虑神情的凝重的脸，一双双充满期待的目光，还有那家长们相互使劲挤着，抓住铁栏杆向考生走去的方向张望的情景，一直刻在我脑海里面，时常触动着我那根敏感的神经。这情景，更令你妈心头发颤。多少年过去了，每当你妈路过高考场地，看到当年你高考时那种场景的再现，就会边走边流泪。我有时想，在咱们中国读书真不容易啊！不仅有孩子的十年寒窗苦，更有家长的十年辛酸泪！

我之所以和你唠叨这些，是因为这些给我留下的印象太深刻了。因为深刻，所以难忘；因为难忘，就会时刻想起；因为想起，就会感伤；因为感伤，就希望这种情况不要在你的下一代身上出现。但现在看来，咱们国家的这种教育体制和高考现状，在短期内恐怕难以改变。真可怜中国的考生！真可怜中国心苦的家长！

孩子，你能走到今天确实很不容易！在你读书求学的二十多年中，你和千千万万的中国孩子一样，从小就开始在马拉松式的竞争中长途跋涉，孩童的天性被抹杀，苦熬苦读。千千万万的中国家长都很清楚、很心痛，这是没有办法改变的社会现实。你在德国求学所承受的生活上的单调、情感上的孤独、学习上的压力和来自方方面面的担惊受怕，我不能够体会，但我从你说的"如果不是我自己要坚持出去，而是家长要我出去的话，我会选择自杀"这句话中，我完全能够理解和感到你那些年在外面不是一般的艰难。

想起这些，我有时候会拿自己与你的相同人生阶段所处的社会生活状态和情形进行比较，我还真搞不懂是你比我更幸福，还是我比你更幸福。

我是50后，你是80后，我认为，咱父女这两代人，应该说是当代中国最具典型代表性的两代人。其他年代生人的特性，或者与50后相仿，或者与80后类似。

我们50后生长在激情豪迈的火红年代，那时国穷家贫，吃不饱，一天两稀一干，吃肉差不多是过年过节才有的。生活很是艰难，但精神却很充实。我们唱着"我们是新中国的儿童，我们是少年的先锋，团结起来，继承我们的父兄，不怕艰难不怕担子重"的儿歌，读着"天上没有玉皇，地上没有龙王，我就是玉皇，我就是龙王，喝令三山五岳开道，我来了"的课文，心里充满"我们上能管天，下能管地"、"太阳为我们烧茶煮饭"的豪迈，看的是《铁道游击队》《平原作战》《野火春风斗古城》的小人书，脑海里装着董存瑞、黄继光、刘胡兰、雷锋、焦裕禄等英雄模范人物。"继承传统"、"公私分明"、"为国奋斗"是50后那个年代的人成长的主题词。我们小时候，虽然难得吃一次肉，但每次吃肉不仅心情就像过盛大节日一样，而且那猪肉香味还会长时间让你回味。我们小时候，物资匮乏，市场供应没有现在这样丰盈，但吃什么尽可放心，听不到"有机"、"无机"之说，更不用担心化肥、农药和什么注水猪、注水鸡、注水鸭。我们小时候，虽然没有手机、电脑，不能打游戏，只能玩火柴盒、玩石子、打陀螺、捏泥巴，但这样的童年同样充满了乐趣。

你们这一代，出生在改革开放之初，成长于社会转型时期，计划生育的国策让你们大多数成为独生子女。你们一出生就集万千宠爱于一身，丰富的物质也让你们衣食无忧。你们的成长过程有娃娃头雪糕相伴，可以玩变形金刚、机器猫，能看《黑猫警长》《圣斗士》《灌篮高手》这样的经典动画片，还有《西游记》《婉君》《新白娘子传奇》和《还珠格格》这样好看的电视连续剧，还有琼瑶爱情小说和金庸的武侠小说，这当然也是一种幸福。我并不认为，没有革命年代的激情，没有解放全人类的豪言壮语，没有改天换地的憧憬就是一种缺憾。各个时代的历史背景不同，社会发展环境不同，人对幸福的感受也不一样。但是你们这一代人的童年被关在孤独的鸟笼里，被压在源源不断的作业本里，奋战在一场接一场的考试里，没有多少喘息时间。走向社会后，又面临着严峻的就业形势和巨大的竞争压力，这就使你们这一代人的幸福感被大大地打了折扣。

与你的童年和青少年时期相比，我还是觉得我比你更幸运——虽然我们那时的生活条件远比不上你们。孩子，你不曾有过在广袤田野尽情释放孩童顽皮天性的自由自在的童年；不曾有过"胸怀世界革命"的豪迈气概；不曾有过"站在家门口，望见天安门"的时代情怀；不曾有过在"红旗如海人如潮"的工地上辛勤劳动后的快慰；不曾有过党群、干群关系密切时期的社会生活的体验；不曾有过良好的人际关系和社会风气带给人们的对生活的美好感受；不曾有过跟你奶奶——一个不识字的普通的农村妇女，外出做客途中可以顺便去一下公安机关轻易办理户口迁移的亲身经历；你更不曾见过咱们家乡原本的美丽和可爱。

我记得你多次去过咱们离南昌市区只有三十多公里的农村老家。那里的村容村貌一片乱象，令你很不愉快，使你至今对老家也没有什么兴趣。告诉你吧，你看到的是现在"变异"了的家乡。我小的时候，咱们的家乡真是美丽、可爱极了：

村前的广场平坦干净，我和村里的小伙伴们一天到晚在这里玩耍。广场前面是一口水清见底的水塘，水塘边是一道堤坝，堤坝上是一排排高大的杨柳，它最早带来春的气息。春天，它给你带来第一片嫩绿，而夏天又是一片郁郁葱葱。秋天到了，我和许多小伙伴站在大坝上，仰望着湛蓝的天空，静静看着一群群南飞的大雁"一会儿排成一个'一'字，一会儿排成一个'人'字"。隔着堤坝，是一眼望不到边的荷塘。咱们村荷塘的莲藕，粗大甜嫩，十里八乡是出了名的。更特别的，是那荷塘里美丽诱人的茂密的荷叶和荷花。盛夏来临，那伞口大的荷叶舒展开来，汇成了一片绿色的海，粉红色的荷花点缀其间，恰似一幅美丽动人的国画。炎热季节，我们划着竹排或腰盆，在这巨大的画中采荷莲、摘菱角、捞鱼虾，真是充满了乐趣。咱村的东面有一个巨大的湖，碧波荡漾的湖水通向鄱阳湖。站在咱家的门口，每天清晨可以看到太阳像一个巨大的鸡蛋黄，从水中"漂"起，染红天际。咱村的后头，有一棵千年古樟，这古樟，五个成人都环抱不过来。据村里的老人们说，这古樟树龄在千年以上，古樟的树根都有几里长，古樟外部枝繁叶茂，树心却是空的，形成了一个巨大的树洞。小时候，我和小伙伴们经常躲在里面捉迷藏。

我从上世纪七十年代初离开家乡参加工作，四十多年来，家乡的湖水、家乡的杨柳、家乡的古樟、家乡的荷叶荷花，一直萦绕在我的脑海。遗憾的是，如今这一切基本消失了。我已看不到家乡原来美丽的景色，看不到家乡那大片大片几乎是一眼望不到边的翻滚着的金色稻浪，它被新建的东一栋西一栋的无规划的房子切割了，吞噬了。现在家乡的美丽只是"曾经"，留给我的只有梦了。

孩子，咱父女两代，相隔不到三十年，但我却感到恍如隔世，似乎换了人间：物资极大丰富了，生活状况变了，社会环境变了，经济发展模式变了，所有制形式变了，人的思维方式和行为方式也变了。而且，天也变了，很难看到那片碧空如洗的湛蓝，很难看到繁星闪烁的夜空。地也变了，广袤的田野、肥沃的良田也在渐渐地萎缩。一切都悄然地在发生着不可思议的变化。一切的变化都折射出时代的阳光与阴影。

好了，不说这些了，现在咱们还是转回到关于你的话题上吧。

你离开父母的这十年，是你人生重要的转折关头。你这十年的变化让我感到高兴和欣慰。在这十年内，你较完满地完成了人生最重要的几项"任务"：大学毕业了；留学读研回国了；参加工作了；流浪漂泊的单身生活结束了，组建了自己的家庭并已成为孩子的母亲。这些对个人来说都是大事。

我还高兴地看到你这十年在踏实地成长着：你经历了两度的国外学习，做过中国文化交流使者，到大西北体验过生活，积累了像你这样年龄的人难得的丰富的个人阅历；十年来，你从一个普通的大学生成长为一名有着一定的政治敏感的新闻工作者；十年来，你从一个天真无邪、有爱心、充满稚气的女孩子，成长为爱憎分明，有着正义感、社会责任感和民族责任感的先进文化青年。虽然在你身上，还有许多80后特有的"通病"，比如喜欢睡懒觉、经常早饭午饭并在一起吃；参加公共活动也许很积极，但在家里就不愿打扫卫生；有时衣服、袜子堆了一堆才洗；不愿参加有长辈在场的应酬；东西没有收捡，丢三落四等等。但这些都是小毛病，我看你们还主要是看主流，看方向。我感到包括你在内的80后，是充满激情和希望的一代，是我们这个社会最有担当的主力军。

孩子，过去的已成为历史，成了历史的过去将永远静止不动。过去你走得虽然艰难，但总体还算顺利；未来还在继续。继续着的未来，不会是过去的简单重复。虽然未来充满着未知，但是需要从现在开始把握。未来是属于自己的，是给有准备的人的。你拥有一个什么样的未来就看你的现在。你现在刚过三十岁，未来日子还很长，也需要有个大体规划和思考。作为父亲，作为经历过一些世事的过来人，这里，我根据自己走过的路，提出一些想法和建议，供你作为今后生活、学习、工作的参考。

一、做好母亲最重要。随着小呱呱的降生，你就担当了三重角色：既是女儿，又是妻子，还是母亲。三重角色肩负着三重责任：作为女儿应孝顺长辈；作为妻子要当好管家；而作为母亲则主要是教育好子女。这是母亲最根本的特质。三重责任，担子都很重，都很不容易，尤其是作为母亲，更是艰辛，需要作出巨大的付出。正因为如此，人类对"母亲"更多了一份爱戴和崇敬，把许多的赞美都献给了母亲，几乎把人世间一切创造和孕育生命的伟力，把一切象征伟大的、给人以振奋的事物和令人肃然起敬的大自然都比喻为母亲，如祖国、大地、山川等等。

母亲之所以伟大，就是因为世界上的一切光荣和骄傲都来自母亲，就是因为每一位母亲都在进行着一项创造优秀孩子的伟大事业。有人说，在这个世界上没有一项事业比创造优秀的孩子更伟大，任何成功都不能弥补在教育孩子问题上的失败。纵观古今中外，凡是受到良好教育、做出成就、对社会有突出贡献的人物，都有一位好母亲。我国历史上，伟大而著名的母亲，都是教子的典范。《三字经》中"昔孟母，择邻处。子不学，断机杼"讲的就是孟子的母亲教育孟子好好学习的故事。还有"孔母授学"、"岳母刺字"、"欧母画荻"等都是使人感动得潸然泪下的教子范例。古今中外的伟人、名人，像毛泽东、胡适、茅盾、林肯、高尔基、歌德、雨果等等，都有一位出色的母亲。

英国有句谚语：子女会是怎么样，就看母亲怎样养。拿破仑

也曾说过：母亲的教育，决定孩子未来的命运。我从一则资料上
了解到，居里夫人不但有位好妈妈，而且她自己也是一位卓越的
母亲。她不仅注意培养孩子的智力，同时也重视培养孩子良好的
性格。她从自己整个科学生涯和人生的道路上体会出一个道理：
人之智力的成就，在很大程度上依赖于品格之高尚。因此她将一
生追求事业和高尚品德的精神，影响和延伸到自己的子女身上，
十分注意培养孩子良好的品格，培养子女节俭朴实、不空想、重
实际的作风，培养子女勇敢、坚定、乐观和克服困难的品格，培
养子女对事业的责任感和对祖国的忠诚与热爱，并用自己的言行
感染、教育子女，为她们做出样子。所以，居里夫人的两个女儿
都成为杰出人才。大女儿伊雷娜，不仅继承了居里夫人的科学事
业，像母亲一样获得诺贝尔奖，同时她也继承了母亲的崇高品
德，把建造原子反应堆的专利权捐献给了国家科学研究中心。

　　我说这些，并非是要你一定要把孩子培养成多么了不起的人
物，也不是要让你成为一个以培养一个伟大的孩子而著名的母
亲。这样的成就，难度系数极高，由许多主客观因素铸成，成功
者也只是极少数，不是长辈有要求就能达到的。我这里主要是希
望你能以这些母亲为榜样，学习她们对孩子教育的精神和正确的
教育方法。就我所感觉到的而言，在当代中国，家长对孩子的培
养、教育所倾注的精力物力，所付出的牺牲，以及望子成龙的急

切期盼，与古今中外良母相比毫不逊色，许许多多的家长教育和培养孩子的事例也是极其感人的。前不久我看到彭学明的长篇散文《娘》，主人公就是一位很了不起的母亲。中国有千千万万这样的母亲，只是她们的孩子没有成为孔子、孟子、岳飞、欧阳修这样的名人、伟人，所以不为人所知。

与此同时，我也感到包括你妈妈在内的许多家长在培养和教育子女这个问题上，充满了溺爱感。当年，你妈妈带你也是这也不放心，那也不放心，一切都替你包办。你知道吗，你到小学快毕业的时候才学会自己擤鼻涕呢！当然，母亲爱孩子也是天性。正像有人说的，世界上没有哪块土地上的花朵，海洋中没有哪个港湾里的珍珠，比得上母亲膝上的婴儿。现在，你要吸取经验，对孩子不能溺爱，不能把自己的意志强加给孩子。法国作家罗曼·罗兰早就说过，你以为是孩子喜欢或不喜欢的事物，绝不是孩子真正喜欢或不喜欢的。有家长说，我对孩子宠爱是担心孩子难受。但事实表明，要替孩子做这做那，或不让孩子做这做那，真正难受的不是孩子，而是家长自己。

如何对待孩子，这里摘录美国幼儿园给家长的一份备忘录。备忘录是以孩子们的口吻讲的：别溺爱我；别害怕对我保持公正的态度，这样反倒让我有安全感；别让我养成坏习惯；在年幼的时候，我得依靠你来判断好坏和对错；当我说我恨你的时候，你别往心里去，我恨的绝对不是你，我恨的是你加在我身上的那些压力；别在匆忙中对我许诺，当你不能信守诺言时，我会难过，也会看轻你以后的许诺；别忘记我喜欢亲自尝试，而不是被你告知的结果。我觉得这些可供你借鉴参考。对待孩子，要在生活上、身体上关心照顾的同时，特别要注重孩子的智力成长，培养自强自立精神，培养孩子高尚品德和意志毅力，使孩子懂得做人的道理。

说到这里，你也许会问，培养教育孩子也不是母亲一个人的事，那父亲是干什么的？父亲当然有责任，而且负有与母亲同样重的责任。父亲的责任和作用是不可替代的。每一位父亲也是和母亲一样关心孩子的，但绝大多数的父亲在关心的方式方法上同母亲是有区别的：母爱更多的是温情的、舐犊式的，而父爱是深沉的，使的是"心劲"。父亲给孩子更多的是一种精神力量和安全感。但就父亲与母亲对孩子的影响而言，母亲对孩子的影响更大。人们几乎普遍认为母亲是孩子的第一个启蒙老师。我们敬爱的康克清大姐（你应称"康奶奶"）有句名言，她说：儿童从母亲那里获得最初的感情和思想，可以说精心培养儿童心灵的是妇女，是伟大的母亲。正因为如此，在母亲温暖怀抱中长大的人们都十分敬重和感激自己的母亲。"一代天骄"成吉思汗曾说，世界上只有一个最好的女人，便是我的母亲。但丁把世界上最美丽的声音，比作是母亲的呼唤。普京是他母亲四十一岁时生下的，这个被母亲昵称为"迟到的孩子"后来成为俄罗斯总统，他曾对人说，母亲的关怀呵护对自己的成长至关重要。因此，希望你能承担好做母亲的责任。这关系到你未来是否有真正的幸福。

二、事业、家庭两兼顾。人生有两个方向很重要，一是出门，二是回家。出门是去干事业，在外面闯出一片天地；回家是放松心情，享受天伦之乐。

事业和家庭都很重要。事业是个人飞翔的天空，能使生活充实，给生命带来乐趣；事业是一个人和社会联系的纽带，可以实现个人的价值，获得尊重。而家庭是温馨的港湾，是情感的寄托处。德国有句谚语：世界到处跑，才发现没什么地方比家好。宋庆龄则认为：能让一个人身上留下不可磨灭印迹的总是家庭。

家庭和事业是人们所奋力追求的目标。但在生活中，不可避免地会遇到一些矛盾和问题。我感到，如果处理得好，家庭和事业两者是可以兼得，能够相互促进的。家庭的稳定和美满，可以促进事业的顺利发展，而事业的成功也能为家庭提供物质和精神保障。

你现在这个阶段，负担是最重的，既要顾及孩子、家庭，又要不耽误事业，肩挑两副重担。特别是现代生活节奏快，社会竞争激烈，不仅要做家务、带孩子，还会有来自工作、生活方方面面的压力，的确很不容易。矛盾是存在的。这就要很好地平衡二者的关系。在工作中遇到矛盾和问题，有了不顺心的事，主要是自己做好调整，可以向家人倾诉，但不要带到家里来，不要冲家人发脾气。

孩子，家是每个人的城堡，是栖息的枝头。你们小两口都有高学历，都是"海归"人员，都有各自称心的事业，并且都很专注，这当然非常好。但家务这一块在你们这里就成为"弱项"，不光是你们，可能与你们情况相似的家庭都是如此。你们小两口在家务上都要加强练习，一般的家庭卫生，能自己打扫整理的就不要请人；饭自己能做的就不要在外面吃，上班的时候做不成，周末、节假日总是可以的。这样既节省了开销，自己也能得到锻炼。这样的锻炼对你们这样的"高知"家庭也是必要的。自己做的事更顺心，自己做的饭更是可以吃得别有滋味。

前不久，我去北京出差时，在你的小家吃了一餐晚饭，那是完全由你"掌厨"的一顿饭，那顿饭吃得真有味道。大大小小的场面我也见过不少，山珍海味的盛宴也品尝过，但都不如你做的那顿饭更有回味。这并不是夸你的厨艺比特级厨师更高超。实事求是地说，味道还可以，吃也是蛮好吃的，我的感觉主要是这顿饭是在你们小家吃的，并且是你亲自操办的，我尝到的是你的劳动成果，我所感觉的味道里，更多地夹带着这种"味道"。由此看来，你是会做饭、能做饭的，而且做的也挺好，只是你不要"发懒"，在身体不太劳累的时候，能做的尽量做，小两口都要参与做。这也是一种运动，对身体有益处，你们小两口要共同经营好你们自己的家。

孩子，要记住，家是我们情感的归宿，是遮挡风雨的伞，要努力营造好，拥有美满的家庭和成功的事业才是完整的人生。

家庭可以带给人幸福，事业同样迷人。我从小就记着这句话："工作着是美丽的。"做工作、干事业，不仅能使人聪明、智慧，长见识、增才干，而且是家庭稳固的根基。任何时候、任何情况下，都要尽力做好工作，这是一个人的立身之本。只有做好了工作，才能赢得尊重，体现自身价值。今后，不管家境条件好与差，不管自己的先生发展得如何，都必须有一份自己的工作。做"全职太太"，不仅会失去与社会的联系，使自己受到局限，变得狭隘，也会让自己感到空虚，失去平等地位，也可能动摇家庭的根基。

三、常怀一颗感恩之心。感恩是我们民族的优良传统，是一个人起码的品德。拥有一颗感恩的心，心态会健康、阳光，胸怀会坦荡、开阔，生命会充满温馨。

孩子，你能有今天，除了你个人的努力，还有许多方面的因素。在你的成长过程中，你首先遇到了改革开放的好时代，这个时代是尽可以发挥个人潜能的。你成长的每一步、每一个环节，其实都有许多你看得见或看不见、知道或不知道的人在无私地给予你关怀和帮助。要感念这个时代；感念科技的飞速发展给我们带来的美好生活；感念你从小学、初中、高中、大学及在国外留学给你传授知识的老师；感念在你生活遇到困顿时、情绪低落时、对前途感到迷茫时、办事遇到麻烦时、工作碰到问题时等在你需要帮助时向你伸出温暖的双手，帮你解除困难，为你解开心结，给你指点迷津，使你明确方向，推你奋力向前，托你向上攀登的人；感念那些"心有余而力不足"，但确实是希望你越来越好、越走越高，对你抱有良好愿望的人。所有这些都应记住，都要对其怀着深深的感激之情。人只有懂得感恩，心地才会光明，生命才会温馨，德行才显高尚，人格才见伟大，才会赢得尊敬。

大凡大家和伟人都有感恩的高尚品质和情怀。你知道吗，我反复给你提到的我们都非常敬重的居里夫人，不仅是一位伟大的科学家，还是一位情深义重、知恩、感恩、情感世界非常丰富的女性。我对她的敬重，除了她在科学领域的突出成就外，就是她的为人品质，让我深怀敬意。她知恩、感恩的行为，让我深受感动。居里夫人在取得重大成就、受到别人尊敬时，总会想起她的老师，特别是对少年时代教她法语的一位叫欧班的老师怀有深情。

有一则资料介绍：一天，欧班老师突然收到一封由华沙邮局派专人送来的挂号信，是居里夫人写的。这时的欧班老师是一个穷困潦倒、坐着轮椅的老年妇女。居里夫人诚恳地邀请老师到她所从事科研工作的巴黎家里做客，并随信寄来了全部往返路费。她在家里亲自接待了老师，还亲自下厨做老师喜欢吃的菜。居里夫人在对待欧班老师的态度上，还有一个细节令人感动：上世纪三十年代初，居里夫人接受祖国的邀请，到华沙参加华沙镭研究所落成典礼。这天，波兰的政要包括共和国总统、部长和著名科学家及居里夫人的亲人，都簇拥在居里夫人周围，居里夫人成了中心人物。就在典礼要开始的时候，居里夫人发现了欧班老师，她突然从主席台上走下来，穿过捧着鲜花的人群，来到已经八十多岁的老师面前，亲自推着坐在轮椅上的老师向主席台走去。这个看似简单的举动，深深地打动了我。我的脑海里常常浮现出一位清秀端庄、气质高雅的知识女性推着轮椅上耄耋老人走向主席台的画面。这里仅举居里夫人的事例。其实，古今中外的名人、伟人都有许多这样的感人事例，都有感恩之心。

孩子，常怀感恩之心，就是不要忘记帮助过自己的人，就是要给帮助过自己的人以回报。俗话说："滴水之恩，当涌泉相报。"涌泉相报不一定是要搞什么"大动作"的惊人之举，而是要心存感激，铭刻于心，并以一定的形式给予表达，在有机会、有能力的时候，不遗余力地给其帮助。

在我的人生旅程中，有三个人曾让我留下遗憾：一位是我小学的老师，她后来身体不太好，我参加工作后很想去看看她，但几次都没去成。过了不久，就听说她病故了。一位是在公共汽车上相遇的陌生人。在我很小的时候，同你奶奶进城，乘公交车时你奶奶认为我不需要买票，与售票员发生争执，一位陌生的中年男子掏出一毛钱为我补票。我一直记在心里，想找机会报答，但不知道他的姓名，也没有他的地址，无法联系。几十年过去了，我有点"憋"不住了，去年写了一篇短文在报刊发表，表达我的感念之情。还有一位是我参加工作时工厂里的一位武装部长。在我离开工厂去北方当兵的第二年，家乡发了大水。本来家境就贫困，一涨水，日子就更难了。我是从农村招工进厂的，那时许多像我这样情况的人当兵后为获得"军属代耕费"把军属关系转到农村，而我的关系仍然留在厂里。困难中，当时任大队书记的爷爷想到厂里，找到这位部长求助，而厂里是没有军属补助的。不知道这位部长从哪里找来了十元钱给了你爷爷。我知道，你爷爷是土改时期的老干部，是很要强的，不是迫不得已不会求助于组织的。后来，我知道了这件事，对这位部长很是感激。当我探亲回来去厂里想向这位部长面谢时，却听说他病故了。未能向这三位好人表达我的心愿，已成为我人生中的三件憾事。孩子，我在这里讲这些事，只想说明：对帮助过自己的人的感谢要表达出来，可以是言语的，也可以是礼物的；表达谢意要及时，想到了就要立办，否则，可能会留下遗憾；表达感谢、感恩之情，不是一时完结，而要永久铭记。

孩子，感恩是人的一种品质。在人的整个生命的历程中，都应有感恩陪伴。感恩不仅是对那些好人好事，也应包括那些曾经反对、打击甚至伤害过你的"反面教员"，而正是这样的反对、打击、伤害，使你更加成熟。我觉得对你而言，拥有现在这样的生活条件，这么好的一个工作平台，处在社会的"上层"，虽然看只是个普通的工作人员，感恩的含义不仅仅是对有恩于自己的具体的人与事怀有感谢、感激之情，还应该包括对我们的国家、人民的回馈之心，尤其是不能忘记咱们中国还有数以千万计的生活艰难的人。这应该是现在社会"上层"人士感恩的一种基本要求。当今社会，有些有权、有势、有钱的人是忘记了这种基本要求的，特别是一些腐败的贪官，他们原本也很穷、很苦，一旦地位变了，就忘记了普通群众，忘记了自己的根本。正如朝鲜谚语所云："青蛙总忘记自己从前是蝌蚪。"因此，我认为，社会上先富起来了的人、权力人士、知名人士以及像你这样在"大单位"工作的人员，都应把不忘记普通百姓视作一种感恩，都应该对普通老百姓更好些。

其实咱们自己也是普通老百姓，但咱们现在生活好了，不能忘记那些生活在社会底层的群众。虽说改革开放三十多年过去，人们的生活水平普遍得到提高，城镇的许多家庭已有了家庭轿车，一些人的生活条件和实际生活状况甚至超过了发达国家中产阶级的水平。但有的地方、有的家庭仍然非常贫困，生活非常艰难。这里给你讲几个强烈震撼我的有关"穷人"生存状态的细节，我是从报刊上看到并记下的：

有一个山区穷苦人家的孩子腿上长了一个瘤子，需要手术，可家里拿不出钱来给小孩打麻药，大人便给小孩一元硬币捏在手里，给他作"精神支撑"，小孩捏着这枚硬币，硬是咬紧牙捱过了这没有麻药的手术。一个青年农民矿工，在春节过后南下打工的列车上，从广播里听到遇难矿工可以获得二十万元的抚恤金后说，他自己要是能遇到这样的事就好了，可以让家里得到一笔钱。北大一女生，来自哈尔滨。同宿舍上铺的同学经常看到她听耳机时便流泪，有时甚至哭出声来，问她却又说没事。同学感到好奇。一天，趁她外出，同学拿起耳机，却什么也听不清。后来同学才搞清楚，原来这个女生的父母耳聋眼瞎，为支持女儿读书，仍在家乡干繁重的农活。女生暑假回家时，录下了父母的呼吸声，她所听的就是父母呼吸的声音。

这三个故事深深地打动了我。在中国，像这样生存状态的人还有许多。中国人不是都很富有，即使是北京、上海、深圳这样的大城市也有许多生存艰难的人群，广大的农村和边远山区的许多农民实际生活状况可能比我们想象的还要艰难。不能忘记这些弱势群体，时刻想着这些人，并在力所能及的情况下给其一定帮助，这就是感恩。前不久，你说你的一个老家在云南的同事，家乡旱情非常严重，生活用水都成问题。你想请她帮你弄些水给学校的孩子，并问我们是否加入。我不仅十分赞成，而且非常高兴——为你的想法和举动。前几天我问你妈是否把钱汇出，你妈说你的那位同事不肯收个人的赞助，她后来找到了一个赞助单位。虽然人家未接收，但我也同样赞赏你。你的那位同事为家乡父老担忧、操心的故乡情也是特别值得称道的。确实应该如此。凡是有点"出息"的人、拥有权力的人、生活条件优越的人，都应多为普通老百姓做些好事、善事，以回报社会之恩、人民之恩。

四、遇到挫折不气馁。生活有阳光，也有阴影。人生就是阳光与阴影的交错。你参加工作、走向社会的这几年，总体来说还是比较顺利的。未来的道路还很长，不会总是一帆风顺，可能会遇到许多波折与坎坷，甚至挫折，你要有这个思想准备。

人们常说人生不如意事十之八九，更有人把生活比喻为洋葱——一层一层剥开，总有一层会让你流泪。我国明代有位叫郑淑云的女作家，她在写给儿子的信中说，人的这一生会遇到三种困顿，千古有之：第一种困顿，拥有卓越的才华，却遇不到好的平台和机遇；第二种困顿，以一颗诚挚宽厚的心待人，却没有交上值得交的好朋友；第三种困顿，对自己严格要求，时常反省，却无法按照自己的意愿生活。

孩子，人的一生都会遇到这样或那样的大大小小的挫折。古往今来，没有一个人可以纯粹无忧无虑地度过一生，人生的道路也不会一直都是红地毯和鲜花相伴。我们所熟知的许多名人、伟人，其实都有艰难、辛酸的经历，经受过许多挫折甚至磨难。比如法国启蒙思想家卢梭，几乎一生都是在困顿和不幸中度过的，因遭受迫害，他得了忧郁症，甚至精神错乱，直到他生命的最后几年，才从精神忧郁中恢复过来。比如被誉为"不朽的诗人"的莎士比亚，年轻时因与别人一起打死了爵士的一头鹿，在受到他感到"受不了的侮辱"后，被迫离开家乡远走伦敦。比如人们所敬仰和推崇的诺贝尔及其父亲，一生遭遇多次破产，生活中也曾遇到许多挫折磨难，甚至遭受亲人在工作时被炸死的重大打击。相似的例子，我们还可以一直"比如"下去。其实，在名人、伟人的光环里，罩着他们的许多艰辛、挫折与磨难，只不过他们像一束火把的火焰，火把虽然倒下，火焰依然向上！

孩子，面对生活、工作中的困顿、烦恼、挫折甚至失败，一方面，不要惧怕，更不要气馁，要坚强些。坚强的人依靠挫折这块巨石，将会站得更高。另一方面，要实事求是地查找和分析原因。弄清哪些事情是由于自己想法、思路不对，思维和行为方式欠妥造成的，自己应汲取什么经验教训；哪些事情是纯属偶然，不存在更多的原因；哪些事情是事出有因，背后有其深刻、复杂的背景所致。把真正的原因找到，认真进行总结，做到吃一堑长一智。

孩子，你思想活跃，性格直率而又有些急躁。这本没有什么太大的不好，人嘛，总会有些个性，也得有点个性。个性就是差别，差别就是创造。玫瑰因为有刺，才在阳光下尽情地开放。没有个性，人的伟大就不存在了。但在有些时候，有些环境下，这样的人是容易遭受挫折甚至是打击的，这一点你也得要有思想准备。当然，你也可以把自己的性格磨圆，变得世故些、滑头些、精明些，这样也许会避免一些麻烦，会顺利一些。不过我认为，性格是天生的，改也难。我觉得有个性的人更可爱，更像个真正的人。比起世故、圆滑、精明来，我更愿意看到一个直率、正义、真诚的你。如果为了迎合某些东西，改掉这些美好、善良的性格，失去自己应有的坚守，这在实质上是个人的本质、品质在发生变化。

记得当年你找工作，我不太支持你去报考公务员，就是因为我觉得你的性格不适应那样一种工作性质和氛围，还因为不希望你改变原汁原味的自己。其实，你也是这样认为的，也觉得自己不适应公务员那样的工作环境。虽然我们是同样的结论，但是依据不一样，你"觉得不适应"，主要是根据听说和看到的现象再综合自身情况而得出的一种"感觉"，这"感觉"一般也不会错；而我觉得你"不适应"，则是根据我的切身体验和对你的具体情况的全面了解所作出的判断。

我在公务员行列从文从政几十年，知道这里的深浅。那是一条仕途官道，官道有官道的学问，官道有官道的讲究，官道有官道的复杂性。走在这条官道上，也许可以前途无量，也许可以通向北京，通向人民大会堂，通向中南海，可以给有志于为人民服务的人提供广阔的为人民谋福祉的舞台。走在这条官道上，也可以葬送幸福，葬送一切包括生命，可以很轻易让那些把"人民"挂在嘴上、甩在脑后，财迷心窍，一朝权在手就不知道自己是谁的人加速走向坟墓。这条官道是光明与黑暗的交汇，是摆满鲜花的红地毯和停放囚车的停车场。这条官道不仅会让意志薄弱者稍不留意就堕入万丈深渊，也会让个性鲜明和"棱角"突出的人常常感到"此路不通"。所以，依据你的情况我感到你不适宜当公务员走官道。

官道崎岖曲折，险象环生，而做其他工作也没有世外桃源。

挫折和不利的突变有时会不期而遇。遇到挫折，要迅速从那里面走出来，过度的伤心只能证明你智慧的欠缺。任何时候，不论干什么都要把握好自己，不能放纵自己，也不能迷失自己，既要始终保持清醒，更要始终保持自信心。未来的日子，如果你不得志、不走运而被趋炎附势的人冷落甚至瞧不起时，你更要振奋精神，满怀信心。要坚信金石即使落在泥潭里，仍然一样可贵；尘土纵然扬到天上，也还是没有价值。要坚信时间会揭示未来的结局。

　　五、妥善处理人际关系。人际关系是一种复杂的社会关系。处理好人际关系是一门很深的学问。"人上一百，形形色色"，和人打交道比做事更难。美国石油大王洛克菲勒曾说："应付人的能力也是一种可以购买的商品，正如糖或咖啡一样。我愿意支付酬金购买这种能力，它比世界上任何别的东西都有用得多。"有人曾把一个人的成功因素百分之八十五归于人际关系，这当然不是定数，但也可见人际关系的重要。

　　人际关系中，首先要面对并要处理好的是和家庭成员的关系，这是一种特殊的人际关系。你已有了自己的小家庭，家庭成员之间的关系不像从前那么单纯，要复杂得多。家虽是蕴藏着爱的地方，但也会有许多绕不过的麻烦。有人说：管理一个家庭的麻烦并不少于治理一个国家。也有人说：家庭是一架琴，既能奏出和谐动人的音乐，也会奏出刺耳触心的噪音。要想奏出和谐动人的音乐，一家人特别是两口子之间就不能太认真，有时还要充当"傻子"。要知道，家主要是讲情，而不是讲理的地方。家不是"公证处"，不是"人民调解委员会"，更不是"审判机关"。有了矛盾和问题，只要不是原则问题，就要相互谅解。

常言道："家家有本难念的经"，而最难念的是"婆媳经"，自古至今都难念。"婆婆好做，媳妇难当"是旧社会婆媳关系的写照。当今时代，婆婆、媳妇都难做。中国有句谚语："婆媳亲，家庭和。婆媳三天两头吵，就会缸破灶头倒。"你既为人媳，就要处理好与婆婆的关系。近段时间，我看江西电视台的《金牌调解》这个栏目中很多家庭纠纷的案例都涉及了婆媳矛盾，说明婆媳矛盾具有普遍性。婆婆也称作妈妈，但与亲妈的关系比起来要微妙得多。同样的言辞和行为，在婆婆与妈妈心里产生的反响和感受是不一样的。要顾及婆婆的心理和心态，家庭中的许多事都是些鸡毛蒜皮的事，但就这些鸡毛蒜皮的事，引发的矛盾和问题却很让人不爽。不要为这样一些小事斤斤计较。在日常生活中，当婆婆的想法和做法与自己的要求和愿望不一致时，要给予理解和尊重，抱以宽容的态度。在经济方面，只要条件许可，就要大气些，不要抠门。婆婆是长辈，孝敬是应该的，要多尊重和关心。依我看，世间许多问题和矛盾都是因为自己想要得到什么而又没有得到而产生的。"多奉献，少提要求，不图回报"，以这样的心态和境界处之，就不会有纠结，自己也会坦然轻松。

与家庭关系一样，社会上的人际交往也十分重要，对个人的情绪、生活、工作均有重大影响。孩子，从你降生于这个人世，中国大地就在许多方面悄然地发生着变化，其中包括人际关系的变化。以前的人际关系总体上是很单纯的，比如，以前如果你有什么想法和思想问题，领导很快就能掌握，会及时找你沟通、疏导。现在变了，你有想法和问题，领导不一定知道，即使你登门拜访，也不一定有耐心和你谈。这一方面是因为领导确实事务繁忙，另一方面很多领导的作风也确实变了。因此，你就得进行自我调整。这仅是一例。人际关系的变化，表现在社会政治、经济生活的各个方面。人际关系的变化，实际上映照出社会风气的变化。社会的不良风气，也带来了人际关系的复杂性，而人际关系的复杂性大概也是让一些人感叹活得太累的重要原因之一吧！

孩子，不论如何变化，咱们要"万变不离其宗"。这个"宗"就是人的本色，就是做人的道德准绳。用这个标准去认识和处理与亲友、领导、同学、同事、组织之间的关系，无论对谁都要给以尊重，都要真诚相待，特别是与单位的领导和同事，要团结尊重，经常沟通，保持良好的关系，以利于得到支持，从而顺心、顺气、顺劲地工作。无论对谁都要有原则。我比较讨厌精于世故的"好好先生"。做人得要有点正气和骨气，否则，为了所谓的人际关系，无原则地去讨好什么人，那才真是活得没劲！这不是所有人都能做到的，要排除私心杂念。堂堂正正做人是要有底气和勇气的；堂堂正正做人有时是会遭到非议、经历坎坷的。

可能，在今后的人生历程中，你会在诸如提拔、重用、职称、评先、薪酬待遇等问题上碰到不顺心或你认为是不公平的对待。对之不要激动，要冷静分析。若是自己能力难及，工作没做好，就要继续努力，怨天尤人无济于事，闹情绪也徒劳无益；若是被人"穿小鞋"，也不必惊恐，"林子大了什么鸟都有"，只要自己坐得端，行得正，相信公道自在人心。

可能，有的同事能力、水平不如你，但进步却比你快，待遇比你高，遇到这种情况你得要有点"高姿态"，为人家感到高兴。因为"往高处走"是每个人所追求的目标，可以理解，而把他推向高处的是组织和领导，有不满不能对其个人。心绪难平时，得来点"阿Q精神"。有人说得好：地位是一个人脚下的阶梯，并非他真正的高度；官衔是脸上的脂粉，并非他真正的肤色。关键是我们自己要有实力。

可能，你有些意见和想法很好，可是别人不理解甚至产生误解，闹出矛盾；或是你对别人真诚相待，对方却并不领情；或是你不走运时，没人靠近你，而你走红时又遭别人的羡慕嫉妒恨。这些都不打紧，别往心里去，不要让其影响你的情绪。既要有"走自己的路，让别人说去吧"的信心，也要相信咱们中国的那句古话"路遥知马力，日久见人心"。

可能，面对纷繁复杂的社会现象，你对人对事也许有时会冒出一些不正确的认识和想法，这也是人的一种自然的、正常的现象。老百姓有，伟人有，领袖人物也会有，都会有上不了台面甚至卑贱的念头和想法。法国著名作家罗曼·罗兰的《约翰·克利斯朵夫》的扉页上也曾有这样的话：真正的光明，决不是永没有黑暗的时间，只是永不被黑暗所淹没罢了；真正的英雄，决不是永没有卑下的情操，只是永不被卑下的情操所屈服罢了。

可能，你会遇到一些尖酸刻薄的人、夸夸其谈的人、溜须拍马的人、好大喜功的人，对这样的人，你不学他就行，不碍你的事。人，各有各的活法。

可能，你有时会担心别人对你的看法和议论，这是你自己无能为力的事。上苍给人一张嘴，两只耳朵，你必须少说多听。其实，别人不会那么在意你。绝大多数人只会关心他们自己的事，而不会在意你的事。你要根据自己的情况，把注意力集中到你真正渴望做的事情上来，即使听到非议，要用沉默对待。保持沉默，在强者是一种风度，在弱者则是一种智慧。千万不要找人争辩，争辩是交换无知。

六、思想、主见要坚定。思想是人生航程的导游者。伟大的文学家高尔基说：自己的思想是大海，别人的思想是江河，无论多少条江河水流入大海，海水依然是咸的。一个人有自己的思想和主见，才是力量强大的表现。如果没有自己的思想和主见，一切的学识和经验都毫无价值。

思想和主见就是对人对事要有你自己的认识和看法，不人云亦云，不盲从，不随波逐流。有主见的人生命更有意义。大凡成功人士除了勤奋、诚实以外，还有一个共同特点就是执着、坚定、有主见。可以设想，如果伽利略没有主见，就不会站在意大利比萨斜塔之上，做出两个铁球同时落地震惊世界的著名试验，就推翻不了当时物理界对亚里士多德的"物体下落速度和重量成比例"的学说，就不会纠正这个持续一千九百多年的错误结论，就成为不了恩格斯所称道的"不顾一切而打破旧说，创立新说的巨人"；如果达尔文没有主见，而是遵从父亲的话去做神父，就不会有传世巨著《物种起源》的诞生；如果比尔·盖茨没有主见，继续在哈佛大学就读，就没有当时计算机软件的成功开发，就没有微软公司的创立，他也就成为不了连续十多年蝉联世界首富的传奇人物。

孩子，我们当不了伽利略、达尔文、比尔·盖茨，但他们坚持真理的精神和用自己的头脑决定事情的主见，不仅值得我们敬仰，更是我们要学习的。

主见不是刚愎自用，刚愎自用是愚蠢；主见更悖于唯唯诺诺，唯唯诺诺叫窝囊。主见是一种风度和智慧，是对人对事正确判别后的坚定。主见来自于自信，自信来自于思考。巴尔扎克说："一个能思想的人，才真是一个力量无边的人。"因此，遇事要多思考、多分析、多比较、多判断、多总结。在思考、分析、比较、判断和总结后所得的结论一般来说比较准确，这也是作为一个有文化、有知识的人成熟的表现。

这些年来，我感到你有一个很明显的进步，就是想问题、办事情还是有些思路和章法的。我们多次共同探讨过一些社会、政治、文化、生活、环境、经济发展等方面的话题，你有自己的认识、看法和见解，有些尽管与我的认识和看法不尽相同，但我心里也暗自高兴，因为这是依据你的学历、阅历、资历以及你对国际，特别是对中国社会、历史、文化、经济发展和老百姓的现实生活感受的了解程度所产生的你自己的看法和见解，不论正确与否，我欣赏的是你在用自己的头脑思考问题，这很重要。我还注意到，你在对人对事方面，有时候会有些与众不同的看法，碍于场面或面子，表面上没有表露出来，其实是有你自己的主张和考虑的。这些我认为不仅很好，而且很宝贵。孩子，要知道，真正有内涵的人，看重一个人，不是取决于他的外表美丽不美丽，英俊不英俊，父母是不是高官，有没有背景，家庭是不是富有，而是看其是否有能力，是否有自己的思想和主见。有思想、有主见的人，才会赢得别人的尊重和社会的认可。希望你做一个有自信、有思想和有主见，并敢于坚持自己主见的人。

七、对待工作要尽责尽力。你是一个新闻工作者，这个职业既崇高，又担负重要的责任，也是一个很大的舞台。当今找份工作不容易，找到这样理想的工作就更难。中国这么多人，高学历者也数以千万计，你能有这样一份工作，一定要倍加珍惜。

说起来，咱们父女俩也算是同行，我也曾在部队从事过多年的新闻工作。比之于我，你太幸运了。我是从连队写黑板报开始，再到营部、团部当报道员，再到师部、军部、军区空军机关做新闻干事。这样一步步走来，一级级上调是不容易的，是要吃很多苦的，是要做得比较突出才有这种机会的。而你却是"一步登天"，刚参加工作就进入大的新闻单位。这自然与你个人的基础和本身所具有的基本素质分不开，但在更大程度上，是你的运气，是你碰到了好的机遇。我刚做新闻工作时，与中央和军委新闻单位的编辑、记者是很难有接触机会的，对他们我是只能仰望，感觉遥不可及。有时接到上级新闻单位一个电话，好几天都会处在兴奋和激动之中。记得我的稿件第一次见报，是1973年秋发表在山西《雁北日报》上的一篇反映军民关系的题目叫《送砂轮》的小故事，看到自己写的文稿变成了铅字，我激动得连吃饭的速度都快很多，接连几个晚上都睡不着，把见报的文章放在枕头底下，半夜里常拿出来"欣赏"。我和你讲这些，是希望你要热爱你现在所从事的工作，要有新闻工作者的光荣感、自豪感和高度的责任感。

这不是大话、空话。真的，没有任何一项工作能像新闻工作那样，一旦出手，立刻就会让全中国和全世界都知道，人们通过你们这些新闻从业者写的或编发的文稿了解国内外重大事件和各方面的信息，这些重大事件和信息，往往牵引着人们的情绪和思想感情。这就是光荣和自豪所在，这就是新闻工作者的责任所在。

孩子，这些年来，尤其是你参加工作以后，我感到你各方面都有很大进步。在我的印象里，你思考问题正在日臻成熟，对工作不仅认真，而且在用心钻研，业务能力、文字水平都很有长进。我看到你那年从大西北锻炼半年回来写的那篇体会感想，写得挺好的，有很好的文字功底。特别是看到去年你在为某出版社翻译一部德文著作时所表现出的那种求精、求准的精神，更让我看到了一个对学问有着严肃态度和严谨作风的你，这使我感到很欣慰。

孩子，新闻工作有很强的专业性，你在新闻战线应该说还是个新兵，要好好向老一辈新闻工作者学习。你们单位也有一批新闻领域的优秀人才，要虚心向他们学习，努力钻研业务，练出扎实过硬的基本功。我得知，你主要的工作任务是编发新闻稿，根据我的体会，新闻稿是很有讲究的，它主要的不是写作技巧，而在于它的真实性，在于对中央的方针、政策和宣传口径的把握。你说新华社编发新闻稿很有经验，对政策的把握准，措辞严谨，很有水平。你可以把你写的、编的稿件与新华社同类稿件作比较，看看有什么不同，你为什么这样写，新华社为什么那样表述，优劣在哪里，有什么差距，经常作这样的比较，业务肯定会大有长进。

孩子，干新闻工作是很能锻炼人的，这项工作可以把你引向政治家、思想家、理论家、作家和社会活动家。同时，这项政治性、敏感性、纪律性都很强的工作也要求新闻从业人员必须有扎实的思想理论功底、政策纪律功底和新闻业务功底。必须有高度使命感、责任感和强烈的正义感及牢固的群众观点，必须有很强的党性和人民性。这样的标准不是一朝一夕能达到的，而是有一个不断学习，不断锻炼，逐步提高的过程。

我希望你通过自己的不懈努力，做一个合格的新闻工作者。

我认为你有这个基础和潜质。让我形成这个印象的是你三年前赴德工作的那段特殊经历。你还记得吧，三年前你考上国际文化交流使者，被德国一家新闻单位录用，既非驻外记者，亦非外派学习，而是作为一名德国新闻单位的工作人员。我担心你太嫩，在老外堆里，架不住一些预想不到的复杂情形，特别是西方对我国"西化"的图谋，因此我特地利用双休日，趁你出国之前，专程飞往北京，同你就"人权"、"新闻自由"、"新闻的党性和人民性"以及涉台、涉疆、涉藏等一些敏感而外国人又很"热心"的问题商讨答案，以作好理论和思想准备。后来的事实证明，你在那里所处的环境比我们想象的更复杂。

当时，正值一些西方国家对我国西藏骚乱事件进行大肆歪曲宣传，又值法兰克福举办国际书展之际，我国是主宾国，德国特意邀请了一些"民运分子"来"搅和"，连我驻德大使都在开幕式之前的研讨会上愤然退场。而你作为德国新闻单位的记者，同德国的组织者和"民运分子"同住一处，与我国代表团正是楼对楼、门对门，在那样的环境下，你还想到写文章用客观事实还西藏骚乱事件以真相。当你和你在德国工作的同学联系，同学告诉你他的"以正视听"的文章被德国报刊拒绝发表，你更加深切地认识到西方国家也是没有绝对的"新闻自由"的。当我看到你在结束德国工作后向你们单位的领导写的那份思想汇报材料，我觉得你是一个"很中国"的记者，也为你的思想和行动感到高兴和自豪。这与多年前在德国读书的那个留学生的你真是大不一样。同时，我也感到当初对你的那份担心真是有点多余。不过，这样的多余，正是我所巴望的。这就好像巴基斯坦一部叫作《人世间》的电影里的那位母亲。

《人世间》的电影你也看过，我记得是你还在襁褓中你妈妈抱着你和我一起看的（如果你后来没有看过的话，肯定不会有印象）。影片中的那位可怜、善良而又伟大的母亲拉芝雅，一生历尽坎坷磨难，最后作为杀人嫌疑犯被推上被告席，而担任此案主控官的正是此时还不知母亲是谁的她的亲生儿子。辩护律师是她昔日的情人。法庭上，儿子犀利的语言将会致她于死地。她看到儿子极富才华和思想，感到无比自豪，她希望儿子能驳倒她的情人，即使儿子赢了她会被判处死刑。因为她看到了儿子的成长。举这个例子，也许不十分恰当，但父母希望儿女能茁壮成长的愿望和儿女的健康成长给父母带来的高兴和欣慰，普天之下大概都是一样的。

我想你能够理解父母的这种心情，也相信你会努力工作，在实践中磨砺自己，把自己锻造成对国家、对社会、对人民有用的人。我不是一定要你成为一个什么样的名人，老爸不看重什么名气不名气的。名气和当官一样，都是过眼烟云。人要名气，更要有底气。没有底气的名气是虚的，很快会化成气体而消失。人要在社会上或在单位里站得稳、立得住，特别是像你那样的单位，是要靠实力的。只有自己的实力才是永久的。

八、要有正确的价值观。价值观决定人前进的方向，是人生的指南针和人生决策的依据。有什么样的价值观就会有什么样的选择。

孩子，人是寻求意义的动物。什么样的人生才有意义，怎样才能使生命更有价值，更有意义？每个人的价值观不同，理解和选择也就不同。现实生活中，面对眼花缭乱、纷繁复杂的社会现象，有的人价值取向迷失，是非曲直错位，有的人始终不知自己最重要的人生价值所在，或像只无头苍蝇，到处乱撞，或一味追求金钱物质；而有的人无论是荣是辱，是富是贫，是身处顺境还是逆境，却依旧能按自己确定的人生目标坚定地前行。所有这些，都是一个人有没有确立价值观和确立什么样的价值观所致。

大凡价值观很明确、很坚定的人，在重大问题上作出决定都会毫不犹豫，因为他有自己为人处世的目标和准绳。只有清楚自己最重要的价值所在，才会坚定不移、义无反顾地追求。法国有位生物学家叫拉马克，一生勤奋好学，坚持真理，因与当时占统治地位的物种不变论者的观点相悖，受到了打击和迫害，在贫穷与落寞中他写出了《无脊椎动物系统》和《动物学哲学》等世界名著，成为进化论的倡导者和先驱。他很穷，也没有什么稿费，死后女儿们只能给他租五年的墓地，五年后，有钱人将墓地收回了，他却不知被葬于何处，人们连对他表示敬仰的地方都找不到了。我想能够支撑拉马克在艰难困苦中顽强工作的是他的坚定信念和他的人生价值观，正如他自己所说："科学工作能给予我们真实的益处；同时，还能给我们找出许多最温暖，最纯洁的乐趣，以补偿生命场中种种不能避免的苦恼。"

现在的你，正是世界观、人生观、价值观形成的时候，而当今社会正处在转型时期，市场经济体制的不完善，利益主体的多元化，加上思想引导的不及时、不到位，使现实社会出现了诸多乱象，一些人欲壑难填、私心膨胀、趋炎附势，只认金钱。社会是非曲直标准变化，许多正常的东西成了不正常，而不正常的东西反倒正常了。孩子，不论世事如何变化，不论时代怎样变迁，不论社会现状和情形如何，也不论今后你的工作环境和地位有什么样的变化，都要保持清醒的头脑，都要保持做人的根本，都要坚持正确的价值取向。

我很赞同有人说的这句话：价值观是一个人品格的反映，是一个人暗中的为人。我认为，价值观最核心、最本质的就是要有责任心、人民心、爱国心。社会责任和人民利益是价值观的标的，爱国心是价值观的支柱。没有标的，就不知道方向；没有支柱就会不稳，就会心慌。责任心、人民心、爱国心，三者应该是一致的。没有责任心、人民心的人不可能有爱国心，没有爱国心就没有资格侈谈什么向人民负责。作为一个有情怀、有品位的人，人民利益、民族精神、爱国主义是其价值取向的一条"红线"。

前不久播放的电视连续剧《我们的法兰西岁月》就表现了中华民族的一代青年才俊在国家处于危难时刻为捍卫国家主权和尊严而呈现出的崇高的爱国主义情怀。前些日子，我去美国参加书展，回国途中，一位美国女青年坐在我旁边，她是由美国政府资助来中国南京某大学读研，专门研究太湖水资源的。交谈中，得知她出生于美国一个偏远山区，家里较穷，父母是清洁工。她说中国很美，很喜欢中国，打算以后自己挣到了钱带父母一起来中国旅游。谈到美国时，她说她对奥巴马有好印象，喜欢的理由，一是认为奥巴马很精干，二是因为他平民出身。她对美国政府的一些做法，特别是在国际事务中的一些错误决策提出了批评，转而她又坚定地说：不过，世界上我还是最爱我的美国。与这位美国女青年的一席谈话，特别是她的最后这句话，使我对这个美国女青年很有好感，不因为她爱的是什么国家，而是她骨子里的爱国精神。爱国是受人尊重的。拿破仑说：爱国是人类最崇高的道德。人生只有和崇高联系在一起才更有意义和价值。

九、用内在气质涵养提升美。人的天性是爱美的。女孩更爱美。这无可厚非。但是，孩子，要知道，人的外在的美是暂时的，只能引起别人一时的注意，而且这种外在美正如托尔斯泰所说，就像一层面纱，常常用来遮掩许多缺点。只有具备智慧、品位、风度、气质和丰富的精神世界，才是恒久的，才能真正让人赏识。

天底下，人与人之间本无差别，后来之所以会分出层次，就是因为个人的学识、才华、境界、品位和内心精神世界的不同。

丰富的精神世界涵养人的品位、风度、气质。精神世界是内在的东西，是后天形成的。莎士比亚说过这样的话，大意是：天生丽质的美人的额上会被时间横扫的镰刀掘出深沟浅槽。而后天形成的品位、风度、气质等内在的美才会经久不衰。

在我的眼里，你是一个从小就不太爱打扮，不讲究穿着的女孩。记得你上小学、上中学的时候，还提出过想穿"五四"时期知识女性穿的那种布扣的大襟衣呢。我觉得在你身上有一种单纯的、善良的、真实而朴素的美。现在你依然有这种美，我希望你今后能一直保持。同时，我还觉得像你这样受过良好的教育，又从事文化宣传工作的知识女性，还应该有更高的标准和要求，应该更进一步修炼自己，形成自己内在的风格气度和精神气质。以这样的标准和要求，就要努力做到：

（一）礼貌待人。看似最平常最简单的"礼貌"二字，既是最基本的常识，也是日常工作和生活中最重要的。歌德曾把礼貌比喻为"和平的暴力"。俄国哲学家赫尔岑则认为：礼貌比最高的智慧，比一切学识都重要。礼多不坏事。

现实生活中我们也能感觉到礼貌就像一只气垫，里面可能什么也没有，但能奇妙地减少颠簸。不论身份地位、不论富贵贫穷，人们在人格上都是平等的，都要以礼相待。和人交流、交谈要注意自己的言谈举止，这是一面可以照出一个人肖像的镜子，也是一个人气质和风度的表现。我们中国民间有句谚语："一句说得笑，一句说得跳。"话不像话最好不说，话不投机最好沉默。

（二）自我克制。自我克制是一种风度。生活中，不论是在家庭成员、亲友还是同事之间，都难免会有摩擦和不顺心意之时。此时，不能太激动。生气、发脾气不仅于事无补，也有失优雅风度。

美国作家爱默生说，凡有良好教养的人都有一禁诫：勿发脾气。这话说起来容易，但做起来我感到比较难。我就做得不太好，性子偏激，遇到不顺心的事，有时也会发脾气，尽管没有什么坏意，发脾气总归是不好的。同样你也要注意，你也是有脾气的，而且有时候脾气不小。"脾气"属于性格，这东西可能与天生有关，完全改得"没脾气"恐怕很难。完全"没脾气"，一天到晚挂着眯眯笑脸放不下来也未必会被人接受。"发脾气"是"生气"的派生物，生气有损健康。要尽量控制自己的情绪，尽量少发脾气、少生气。减少发脾气、生气的次数便是修养的结果。能够控制自己的情绪是强者。工作和生活中，把握和控制好自己的情绪，说话才会比较得体，处理问题才会比较恰当，才能做出睿智的行为。有的人曾总结出这样的经验，应该记取：别在喜悦时许下承诺，别在愤怒时定下决心。

（三）大气大度，保持自信。大气大度和自信，不仅表现一个人的风格风度，更体现一个人的气质。这是一个人内在修养、涵养不由自主的外露。气质和自信是同步提升的。一个人的优雅、从容和坦然，来自于自信。有自信，气质也自然会提升。有自信，就不会没有安全感。有自信，就能从容不迫、坦然自若地面对遇到的困难、问题和矛盾。

我这里指的自信，是从风度和气质的角度来讲的。自信是一种气质美，一种成熟美。而让一个人成熟是很难的，它是人生诸多代价的发酵，需要无数体验才能获得。作为你，要让自己更加成熟，更加有实力，更加有自信的底气，就要多读书多思考，多与有思想的人交朋友，进一步加强身心修炼。站高点，看远点，豁达大度点，心胸放宽点，说话做事大气点，不要与人斤斤计较。心眼小、爱计较的人是办不成什么大事的。

（四）学会用幽默调剂、润滑生活。幽默有时跟"好玩"差不多。有幽默感、"好玩"的人都有好人缘。幽默常能"大事化小、小事化了"。生活中，我们都会有这样的体验，每当遇到一些不愉快的事时，如果能适当地幽默一下，总能得到一定程度的化解。孩子，在我们现实生活中，不管是在家庭日常生活，还是在工作单位或是在其他各种社交场合，如果能运用幽默手腕，幽他一默，适度表现一下"好玩"，让紧张的气氛变得诙谐轻松，也不失为聪敏颖悟的智者。

十、永远求知求新。流不尽的是时间，学不完的是知识。你有文凭学历，又喝过一点洋墨水，应该说算是个读书人。但是，社会在发展，科技在进步，时代在前进。人的观念、知识变化异常迅速。有人统计，十九世纪，人类知识是五十年翻一番；二十世纪中期，知识是十年翻一番；现在则是三年翻一番。科技发展更为迅速。近三十年的科技成果，要比人类两千多年的科技成果还要多。从上个世纪八十年代中期以来，以网络为标志，我们的社会已经进入信息时代。因此，靠吃老本没有用，不用功学也没有用。我们看到不少老教授，以前好像学富五车，没过几年，几乎是突然间，其孙子在许多方面就可以当他的老师了。不追赶着时代，真会有知识恐慌、能力恐慌感。

在我的印象里，你是一个好学上进、有强烈进取心的青年。从你上学开始，就一直和学习成绩好的同学结伴，这些同学给了你一定的无声的鼓励和压力，使你一直处在"争先创优"的积极状态。我认为，你之所以会有今天，与你周围一群优秀同学的影响不无关系。今后，你虽然不是在学校读书，但仍然要保持这个习惯，要多同爱学习、爱动脑、有思想、有创新力的人接触与交流。有人说，你同什么人接触就知道你是什么样的人。经常和优秀人才接触，自己也能得到提高。

将来随着自己年龄的增大，加之工作繁忙，教育小孩以及家务负担等诸多因素，你可能会感到时间不够用，精力顾不过来。孩子，在这种情况下，更要防止懒惰，对读书学习，在思想上不能有丝毫的放松，不能一头扎进繁琐的事务堆里而放弃读书学习。中国有句古话："人不学要落后，刀不磨要生锈。"任何时候都要保持求知求新的学习精神，否则就会落伍，就会被飞速发展的时代所淘汰。

在学习方面，毛泽东、周恩来等老一辈为我们树立了光辉典范，他们的学习精神不能不让人叹服。我们都知道并由衷敬佩毛泽东的雄才大略和伟大气魄。在学习方面同样如此。毛泽东年轻时就说过这样的话："才不胜今人，不足以为才；学不胜古人，不足以为学。"有人说毛泽东读书，读出了千军万马，读出了一个蓬蓬勃勃的新中国。毛泽东真可以说是嗜书如命。他说：饭可以一日不吃，觉可以一日不睡，书不可一日不读。无论是战争年代还是和平时期，他都争分夺秒地读书，他的居室、办公室、饭桌、茶几上甚至卫生间到处都是书，就是外出开会或视察工作也都要带上几箱子书。毛泽东的读书故事很多我们都比较熟悉，我新近看到的一则资料，真让我感动不已。这是在毛泽东生命垂危时刻医护人员所作的记录，记载的是1976年9月8日，也就是毛泽东逝世前一天的活动。这一天，毛泽东看书十一次，时间是170分钟，其中163分钟是自己阅读，7分钟是在医护人员的帮助下看的，然后便昏迷过去，在浓郁的书香味中昏迷十小时后离开人世。

周恩来同样是勤奋学习的榜样。他少年时期就要求自己要迅速掌握最新的知识和理论。1918年，也就是他20岁的那年，他在日记中给自己规定了三条学习方针：第一，想要想比现在还新的思想；第二，做要做现在最新的事情；第三，学要学离现在最近的学问。接着又写道："思想要自由，做事要实在，学问要真切。"他一生保持着这种求知求新的渴望。晚年时，他写信给邓颖超谈到学习时说："偶尔不注意，便有落后的危险，还得再鼓干劲，前进再前进啊！"这样的范例还有许多。一般来说，能成为伟人的人，都有较高的天赋，但他们都是那样如饥似渴地学习，都会有"稍不注意就要落后"的危机感，何况我们呢！我们成不了伟人，但伟人们的学习精神却是我们所需要的。

随着时代的发展，现在我们的学习条件、学习环境都很优越，学习工具也现代化了。随着电子书、笔记本电脑、平板电脑和手机的逐渐普及，当今我们读书学习的方式甚至于书的概念都发生了很大变化，这些现代科技成果，为我们提供了先进的学习工具，也为我们更迅速、更广泛地搜寻各方面的知识提供了便利。特别是年轻人，对这些现代工具掌握快，运用娴熟，网上学习、手机阅读是年轻人的爱好和习惯，这也是你们这代人在获取知识途径上的特点所在。

这里，我给你提醒一点，就是要防止成为"网虫"、"手机迷"。我观察到一些年轻人，基本上被网络、手机"绑架"，整天上网，迷恋手机。当然不排除有人是在正儿八经地学习，但很多人是或玩游戏，或漫无目的地搜寻一些好奇的信息，或是阅读一些快餐式的情感小说，或以示"前卫"、"潮流"，猎取诸如"羡慕嫉妒恨"、"神马都是浮云"、"蒜你狠"之类的网络语言。这些东西，偶尔玩一把，轻松一刻，也未尝不可。我的意思是不要钻到那里边去，再说网络里有些东西真真假假，似是而非，甚至有些东西是错误的，容易出现误导，不可作为依据。这话对你来说也许是多余的，相信你有这个辨别能力。

我认为网络和手机只是一种可以用来交流和学习的工具，对其内容，还是要多加鉴别，至少是在现阶段国家对网络、手机的各种信息的监管还不到位，管理还不规范的情况下是这样。我建议你把从网络、手机等现代新媒体上获取的知识和信息同传统的纸质媒介结合起来。新媒体和传统媒介，各有千秋，各具特色。新媒体是传媒业的发展方向和重点，为许多人特别是年轻人所喜爱，传统媒介也有它的优势，二者可互补，但不能替代。从现实情况看，纸质媒介不仅管理更严格、更规范，内容更可靠，而且真正想学一点东西，深钻一点东西还得靠传统的出版物，也就是我们通常所说的书。因此，除利用网络等媒介学习外，还应多读一些传统概念上的书。尤其是像你这样从事新闻宣传工作的人，更要博采多览。

　　在广泛涉猎各方面知识和信息的同时，要特别注意学习钻研一些重点方面的知识，就你的情况而言，要抽空多读一些有价值的书。这里，我建议你重点要学好形式逻辑和哲学。形式逻辑能帮助你提高逻辑思维能力，不论是社会科学还是自然科学都离不开形式逻辑。有人说一个失去逻辑思辨能力的人，就失去了独立思考和创新的灵魂。学好形式逻辑能帮你正确认识事物，帮你正确表达思想，帮你有力批驳诡辩，也能培养你的理性分析能力和创新意识。

哲学则会让你站得更高，看得更远，帮你提高分析问题和解决问题的能力；教你学会全面、辩证地认识和分析问题；给予你思想的"力"。在这门"点燃智慧"的学问里，你能较准确地把握一些事理，寻找到认识自然、观察社会、观察人的最佳角度。我很喜欢哲学，但钻得不深，尤其是对一些经典的哲学原著没有系统地学习和钻研，只是了解掌握一些基本常识和时常翻看一些渗透于各个领域的哲学书籍。即便是这样的"浅表性"学习，我也感到受到了多方面的教益。我至今仍清楚地记得阅读艾思奇主编的《辩证唯物主义历史唯物主义》这部哲学著作时，真有一种久旱逢甘露般的激动和欣喜。当我第一遍通读完这部书时，心底里竟不禁生出一种刚刚还在用肚皮贴着地面爬行的幼儿突然可以站立起来的兴奋感。我领略到了哲学的魅力，也真切地体会到哲学原来也可以这样"来电"。当然，个人的经历、爱好不尽相同，但哲学给人的智慧和益处都是一样的，就如同糖，不管你喜不喜欢，它总是甜的一样。我希望你更加重视对哲学的学习，学好哲学，无疑对你是有巨大帮助的。

此外，还应尽量多阅读一些历史书、文学书和经济、科技、管理等方面的书籍，以及一些思想深刻的经典名著。"燕子做窝飞千遍，人增才干读万卷"，读这些书同样能使你受到教益：在阅读史书中，你能从汹涌澎湃的历史长河里，去了解和认识人类社会发展过程及其规律，反思现实的社会生活；在阅读文学书籍中，你能从凝聚情感的文字里，去领略波澜壮阔的大气与豪放，帘卷西风的细腻和激情燃烧的洒脱与浪漫；在阅读有关经济和新学科、新业态的书籍中，你能感受跳动着的时代脉搏，可以纵观当今社会的发展趋势；在阅读有关管理的书籍中，你能领会与人沟通的艺术；在研读一些堪称"心灵的宝贵血脉"的经典的书籍中，你能在领悟做人、做事的道理的同时，更能让你坚定在红尘滚滚、眼花缭乱、纷繁复杂的现实世界中保持心灵的坦然与宁静。

孩子，写到这里，拉拉杂杂已写了不少。在我将要写完这封长信时，从小区水沟里传来了阵阵蛙声。推窗仰望，天已露出灰白的亮光，树上的小鸟也在欢快地飞来飞去，"叽叽喳喳"叫个不停；天空中几颗稀疏的星星已无力地眨巴着眼睛渐渐隐去；赣江东岸的那轮红日正在不可阻挡地拱出地平线，向大地绽放开半个红彤彤的笑脸。

新的一天开始了，我又有新的期待，又有新的希望。虽然我彻夜未眠，感觉有点倦意，但心情却很舒畅、愉悦。正像法国思想家蒙田所说："能够根据自己走过的路来启发、教育子女，是父亲最大的乐趣。"我大概就算这一类吧。我感到包括以前给你的那封信和现在写的这封信，该说的都说了，该怎么做就是你自已把握了。我们老家有句俗语，叫做"千岁的爹娘保不了百岁的儿"。往后的日子，我们这一辈，更多的是"看世界"，而你们是"创世界"，能否在这世界活出精彩，就看你的了。

父字

2012年7月23日

# 写在雪地的脚印里

## 一

漫天的雪花，借着风势，像脱缰的野马，在空中横冲直撞，整个村庄和田野，笼罩在一片银白的帷幕里。

这是刚刚跨入70年代的第一场大雪。

那年，我刚过15岁。迎着这场瑞雪，我将开启人生新的旅程，进城"参加工作"，加入领导阶级——工人阶级的行列。那个年代，这样的一种身份转变，是很令人羡慕的事，虽然那时我还只能算是一个"大孩子"，也搞不清未来会是什么样，但心里还是充满期待和欣喜。

清晨，父母忙着为我出行做准备，母亲给我做了一碗鸡蛋炒饭，那个时候，农家早上一般是稀粥加豆豉或咸菜，能享受这份"待遇"只有小孩第一天开始上学或大人出远门打工。父亲的表情有点"沉静"，他默不作声在堂屋抽着烟，然后默默地给我打点行李。说是行李，其实就是一床被子和一个箱子。我记得被子是家里为我新弹的，被套是印有几朵红花的绸缎子，那是当时最好的面料；那个箱子是个木头箱，外表涂了一层当时流行的军绿色的漆，里面放了几件衣服。

父亲用一根毛竹扁担挑着我的全部"家当"，领着我出发了。那根毛竹扁担父亲用了十几年了，已由青黄变成了褐色，扁担的一头刻着父亲的名字，一头刻着"纪用"字样，那年头，乡亲们都是以这样的方式在自己的日用劳动工具上作这样的记号。

从我们村到省城有30多公里路，我们要到5里开外的公社所在地乘长途汽车去省城。那时，没有公路，更没有现在宽阔的水泥和柏油马路，从村子通向公社所在地都是曲曲弯弯的田埂小道，遇到刮风下雨，道路泥泞，那就麻烦了，一不小心就会摔到田里或河塘里，那年月，常有小孩或大人掉入河塘而溺亡。

此时，父亲和我踏着厚厚的积雪，艰难地行走在弯弯曲曲、曲曲弯弯的田间小路上，四周悄无声息，道路没有行人，凛冽的寒风卷着雪花，在广袤的田野肆无忌惮地横扫，打落在父亲和我的身上、头上，整个脸和鼻子、耳朵被寒风刺得像是打了麻药似的。父亲挑着行李，风一刮来，扁担两头晃荡，人也东倒西歪。在雪地行走，我们每走一步，脚下就会发出咯吱咯吱的响声，留下一行雪白的深深的脚印。

"崽呀，"父亲疼爱地对我说，"小心打滑，路上坑洼不平，走稳些，踩着我的脚印走。"父亲走几步就要这样交代。"进了工厂，当了工人，不比我们农村，要求很严，要遵守纪律，听领导和师傅的话，好好学点技术。"父亲一边走一边继续说，"你参加了工作，已经长大成人了，离开了父母离开了家，以后遇到什么事就要靠你自己拿主意了。"我边走边听，没有答话，只是"嗯、嗯"应和着，心里却在想，平日里父亲对我只是干干脆脆讲几句了事，并没有这么多话啊。"崽呀，"父亲好像打开了话匣子，似乎想在这时把肚子里的话都倒出来，"天下的父母都希望儿女能有出息，成为人才，以后不管你能做什么，都不要忘记好好做人这个根本；做人要厚道，实实在在，要讲良心，讲情义，要记人好处，懂得感恩……"

父亲语重心长，走一路，教一路。无边的旷野回荡着父亲和我踏雪前行的咯吱脚步声和父亲的嘱咐与叮咛声。

## 二

大雪覆盖下的弯弯曲曲的田间小路，宛若条条洁白的缎带缠绕着山野。父亲和我渐行渐远，雪地的脚印也越拉越长，脚印的那头连接着家门口，脚印的前方是一个待我去开启、去领略的未来的新世界。

人总是这样，当要离开自己长期生活的熟悉的热土的时候，往往会强烈地思念过去。此刻，我踩着父亲的脚印向前行走，听着父亲的教诲，望着父亲挑着担儿艰难前行的背影，我的思绪回到了从前，这满天的飘雪，既飘来凛冽的寒气，也飘来了我在这片土地上、在父亲身边的温暖的回忆……

父亲是我的养父。很小的时候，长辈们就告诉我，我出生在省城，是经人介绍父亲和母亲在我出生三天后抱养来乡下的，此后我一直生活在这里，十几年的农村生活，我与这里的乡土人情已融为一体，我视这里为家，这里的山山水水，一草一木都在我幼小的心灵里扎下了根。

这是一方美丽诱人的土地。现在，它被大雪覆盖，披上了银装，田野沉寂了，树枝落叶了，小草枯黄了，可在这厚厚积雪覆盖的冰冷的泥土里，那根系正在沉睡中孕育新的生命，待到冰雪消融，它顽强地拱出地皮，就会给大地披上一层新绿，带来盎然生机。当夏日来临的时候，那村前的河塘里大片大片盛开的荷叶荷花，组成了绿色和花的海洋，在太阳的照耀下，正是"接天莲叶无穷碧，映日荷花别样红"。到了秋天，一望无际的黄澄澄的稻田，一起一伏，翻腾着滚滚金波，恰似一幅金色的画卷。在这里，我度过了无忧无虑的难忘的童年，我喜爱这里的每条河流和小溪，那清澈见底的河水溪流，可以放心直接饮用；小时候，我和小伙伴们赤裸着身子在田间游玩，随时跳进河塘冲凉洗澡，我记得曾有过一天洗20多次澡的记录，真是痛快淋漓；在这里，我与小伙伴们打陀螺，玩泥巴，捉迷藏，下河捉鱼抓虾，堆雪人打雪仗，玩得开心极了；在这里，我们围在门前广场，听老乡说三国、水浒，讲岳飞、花木兰、穆桂英、薛仁贵等历史人物的传奇故事。这里的山水树木，这里的乡亲，这里的每一块土地，我是那样熟悉，是那样亲切，还有那村里的明清建筑，村后的古老的樟树，村子上空袅袅升腾的炊烟和村里老乡过年喜庆热闹的年味，这些流淌在灵魂里的浓浓的乡愁，在此刻我将要离开时突然"发酵"，成了醇厚的思念和回忆。

最凝重的回忆还是童年在父亲身边的往事。

乡愁和家乡的景色像香醇的美酒，而在父亲身边的日子则让我感到幸福与温馨。

父亲是一位普通的农村干部，是新中国成立后农村第一批发展的老党员，土地改革初期担任乡长，后来农村实行"扩社并队"，父亲一直任大队书记。我感到父亲这一代的农村干部，作为党在农村的骨干力量，为巩固党的执政基础和新生的红色政权是有贡献的。在我的记忆里，父亲年轻时长得标致精干，是个美男子；他文化不高，旧社会因家里贫苦，上不起学，只读了几个月的私塾，还是新中国成立后，靠自学认识一些字，虽不知书，但聪明达理，爱憎分明，尤其是他善良正直、重情重义、知恩图报的美德和品质给我以深刻印象。父亲这一辈人是从旧社会走过来的，吃过不少苦，爷爷在父亲十几岁时就去世了，家里所有的担子都压在小小年纪的父亲身上。小时候常听父亲讲述旧社会的苦难经历，讲述在艰难困苦中的好心人如何帮助他，给他生活救济，教他耕田犁地，他常对我们兄弟姐妹说"滴水之恩涌泉相报"，不要欠人家的人情，要懂得感恩，永远不要忘记帮助过你的人。

当了农村干部的父亲把获得翻身解放后的感激都用在工作上，几乎顾不上家，家里所有的家务都由母亲承担。我非常喜欢父亲工作时的样子，他抓春耕春播、抓夏季"双抢"、农田水利、组织生产检查，干得是那样欢，好像有使不完的劲。记得小时候，我特别喜欢听父亲与上级来的工作组谈工作。那时，常有省里或市里县里的部长局长科长来农村，或组织兴修水利，或指导春耕生产，或开展路线教育，当地老百姓不知道他们的姓名和职务，就统称他们为"工作同志"，有时父亲和"工作同志"交谈，我就在一旁边玩边听，久而久之，有的"工作同志"与我也成了"朋友"，并在后来很长时间保持着联系。

父亲爱工作，爱家庭，爱子女。我们家姊妹多，父亲一方面对我们喜爱有加，另一方面又严厉管教，尤其是对我，那时，弟弟还没出生，家里就我一个男孩，而我天性好玩调皮，在这一带顽皮是出了名的，成了"孩子王"。因为顽皮淘气，常常挨打，在几个姊妹中，我是挨打最多的。我长大后，父亲曾多次不无愧疚地说，你小时候挨了不少打，那都是为你好，是记恩记仇就由你了。我虽然不会忘记自己小时候挨打的往事，但我理解父亲。在我为人父后，也曾多次打过独生女儿，虽然觉得打孩子不是教育的好方法，但有时气一上来，也难免使用"武力"，这或许是很多家庭在教育子女方面存在的问题，有几个小孩没挨过打啊！

那些年，生活虽然艰苦，但人们的精神饱满，干部群众都是如此。父亲在轻松和高兴的时候也会哼几句小调，我感到这时候的父亲比平时更可爱，更温情慈祥。给我印象最深的是父亲喜欢唱南昌采茶戏《蔡鸣凤辞店》，心情好的时候就会唱几句，那时《蔡鸣凤辞店》这出戏在农村似乎很流行，男男女女都会哼几句，虽然没有多少人唱得准确，现在我分析大家津津乐道的也许是剧中主人公"婚外情"的故事。

在我的印象中，父亲会唱的歌不多，没有几首能从头到尾唱全的。但《洪湖水浪打浪》他却唱得很好，不知是从哪儿学的，我第一次听到这首歌就是从父亲那里听到的，也是父亲教会的，记得父亲教我唱这首歌是在一个晚霞映红西边天际的傍晚，当时我在村西头的路边玩耍，远远望见父亲的身影，他是去宜春行署开完"三级干部会议"回来，那时南昌县属于宜春行署管辖。我迎面跑过去，父亲拉着我的手，一边走一边教我唱，像老师教学生，唱了几遍又让我试唱，直到我基本学会。

父亲作为基层单位的农村干部，经常会参加各种形式和规模的会议，但我感到父亲这次开会回来格外高兴。可能是父亲认为我"懂事"了，回到家后对我说，这次专区会议，介绍了上饶玉山县养猪的经验。这是我第一次听到江西有个叫"玉山"的县。父亲说："玉山经验好，田亩一只猪，实现了全社满堂红。"打这以后，我就经常听到父亲讲这句话；不久，全村全大队全社的社员都记住了"田亩一只猪，全社满堂红"，并成为全社队学习和努力的方向。也就是在这一次，父亲给我们几个姊妹一个意外的惊喜，他在讲完玉山养猪经验后，打开提包，拿出了一瓶橘子罐头，这是父亲第一次也是唯一的一次给子女从外地带来这么好吃的东西，我从来没有吃过这么好吃的东西。许多年后，我们几个姊妹还常说爸爸那次买的橘子罐头真好吃。如今几十年过去了，我尝过无数种水果，名贵的、进口的都有，但都没有当年父亲的那瓶橘子罐头那么甜，回味那么长……

风还在刮，雪还在下，我沉浸在甜美的回忆中。心头的温暖与甜蜜与眼前冰封雪盖的大地气温形成了强烈反差。我和父亲继续向前走，洁白弯曲的小路上，新的脚印在不断延伸……

# 三

父亲从雪地起步把我送进了青春的梦想；我从雪地出发，开始了漫漫人生之路。

父亲追踪着我的人生成长进步的脚印，以新的方式更加深沉地默默地注视、关心、教育、引领着我，用伟大的父爱送我在人生的道路上远行。

刚进工厂的那阵子，每次回家父亲都要关切地询问我习惯不习惯，工作怎么样，与同事相处如何，学到了什么技术，教导和嘱咐我要尊重领导和师傅，和同事搞好关系，有时厂里的师傅或领导来家，他还要详细了解我在工厂的表现。

1972年底，我在工厂学徒刚满三年，正好到了可以服兵役的年龄。青春在召唤。我向往军营火热的战斗生活，想到部队这所大学校锻炼自己，就"瞒"着父母报名去当兵。本以为这么大的事没和家里商量擅自作主，父母会不高兴，我作好了准备挨父亲的"批"，没想到父亲知道后，非常支持，说：这是好事啊，好男儿就要有志向。父亲嘱咐我在部队要好好干。离家的那天晚上，父亲与我进行了一次长谈，他说：毛主席说过"军队是国家的主要成分"，"没有一个人民的军队，便没有人民的一切"。部队是个大学校，很锻炼人，一个人有当兵的历史，对人生很有意义。父亲告诉我，当年他也很想跟随解放军部队当兵，因为爷爷奶奶就他一个独子，极力反对，没有去成，一直感到遗憾。说到这，父亲转过话锋，拉着我的手鼓励我：孩子，当兵是很光荣，但部队生活艰苦，要有吃苦的充分思想准备。临行时，乡亲们为我举行了隆重热烈的欢送仪式，那情景我至今历历在目，每当想起，心中便会涌起阵阵感动。

那天，初冬的阳光照耀大地，分外温暖。一支由几十人组成的文艺小分队在村前广场举行专场演出。这是我所在的工厂为欢送我应征入伍专门派出的由工人师傅组成的业余文艺演出小分队来我家进行的专场演出。成百上千的亲友和乡亲抬着鞭炮为我送行，浩浩荡荡的送行队伍敲着锣鼓，载歌载舞，放着鞭炮，足足放了几里路。我和父亲走在队伍的前头，父亲一边走一边低声嘱咐我到部队后不要记挂家里，好好干，不要辜负组织和乡亲们的希望。父亲的嘱咐话语和鞭炮声，震响在田间地头，更震撼在我的心间。

我当兵在靠近内蒙古的雁北高原。那时交通不便，信息闭塞，内蒙古和雁北这样的地域概念，对南方人尤其是对南方农民来说，好似天边那么遥远。离开家乡后，我在异乡一待就是十几年，父亲总是牵挂着我，不断嘱咐鼓励我，在与家里的数百封书信中，结尾总是重复着"望努力工作，家里一切都好，勿念"。虽然这期间家里遇到各种情况和困难，但父亲为不影响我的情绪，总是"报喜不报忧"。

有人说，父爱是一种深沉而广阔的情感，你在人生路上成长，他总是在幕后为你默默地付出……

那一年，我在组织的关怀培养下得到提拔任用，父亲在为我的成长进步高兴的同时，提醒我要谦虚谨慎，努力工作，不要辜负组织的信任和培养。他多次对我说，现在风气不太好，有些干部以权谋私，老百姓对党和政府有许多怨言，父亲嘱咐我不要受不正之风影响，要遵守纪律，堂堂正正做人，老老实实做事，干干净净做官。父亲还对我家的亲友和兄弟姊妹说，要他们支持我的工作，有什么困难和问题自己想办法克服解决，不要给我增添麻烦和压力。

那一年，我还在北方部队服役，家乡发了大水，农村一涨水，田地被淹，粮食蔬菜都会歉收，农民的日子就难过了，我们家也是一样。父亲虽然当了那么多年干部，但他从不会去利用职权揩公家的油，占公家的"便宜"，更不会去做影响干部形象的事，因此我们家的日子并不比一般老乡好。本来我当兵后，按政策规定，军属关系可以转到农村，其他同类人员都转了，每年可以享受几百元的军属代耕补贴，那时的几百元钱对农村是很可观的，能解决生活中的不少问题，可父亲不同意转，就这样苦苦撑着。如今家乡涨水，原本就很拮据的家境更是捉襟见肘，加上那年母亲身体不好，生病住院，急需钱用，在如此困境下，父亲怕影响我的情绪，没有写信告诉我，而是自己在亲戚朋友那里东拼西凑借了点钱渡过难关。我能够想象父亲当时的心情，也能想象家里当时的困难程度。事后父亲也没有告诉我，还是时隔多年后家人谈起这件事时我才知道家里曾遇到这么一段艰难的日子。

那一年，父亲患了肝脓疡，高烧不退。这种病是由于受到细菌感染而肝脏防御能力下降形成的，虽然不是常见病，但还是比较容易检查出来的；倘若没能及时发现和进行正确的治疗，死亡率也比较高。由于农村医疗技术落后，很长时间找不到病因，为了省钱，父亲又不肯去城里的大医院检查，病了将近一个月，家里急得团团转，差不多到了病危阶段，才不得不进医院。当时，我还在外地工作，为了不影响我的工作，父亲一直不肯让家人告诉我。后来，我正好回家探亲，在回家前夕，还收到家里"一切都好，勿念"的"十几年一贯制"的平安家信。等我到南昌往家赶的路上，才知道这时的父亲，正躺在医院打吊针抢救……

望着躺在病床上脸色惨白的父亲，我哽咽了：为父亲的重病，更为他博大的家国情怀！

几十年来，我一路走来，从工人到战士，从当干部到担负一定责任的领导，成长的每一步都嵌入了父亲深邃的爱。

这种爱，是一支无声的歌，只有放到心中细细品味才能感触到；这种爱，是一首深沉的诗，你在默默地读，泪在心里头流……

# 四

带着父亲的深深嘱咐和殷殷希望，我跋涉在漫长的人生路上。

我不曾忘记在我人生启航时，父亲顶风冒雪为我送行的情景；不曾忘记父亲的几番嘱咐与叮咛。它像一台永不熄火的发动机，推动着我在人生的道路上前进；像一座航行的灯塔，指引着我前进方向；像长鸣的警钟，时刻在我耳边响起。

在父亲那些嘱咐和叮咛里，我懂得了父亲的心愿就是希望我做一个于国家于社会于人民有用的人；做一个有良心有责任有担当不忘本懂感恩真正算得上是人的人。

几十年来，我一直在践行，努力书写让父亲满意的答卷。

从我走上工作岗位后，中国大地开始发生着前所未有的深刻变化，从政治挂帅到以经济建设为中心，从所有制形式到经济发展方式，从管理体制到人们的思想观念，人在变，社会在变，宣传的声调也在变。这一时期，我和我的同时代的人，亲历了"胸怀世界革命，眼观五洲风云"和"无产阶级只有解放全人类，才能最后解放自己"豪情无限的鼓动；亲历了"不管白猫黑猫，抓住老鼠就是好猫"和"让一部分人先富起来"的喧嚣；亲历了社会判断是非曲直标准的含混不清；目睹了党风政风不正，严重腐败的社会现象。在这纷繁复杂、红尘滚滚、眼花缭乱的世界里，在这浮躁喧嚣、尘土飞扬中，父亲的嘱咐与叮咛时刻提醒我：千变万变，人的本质不能变，本色不能丢。我时刻告诫自己：人生没有彩排，必须走好每一步。无论世界发生怎样的变化，我内心保持清醒与镇定，保持知足、感恩的心态，专心做好自己应该做的事，不管自己在什么岗位，"地位"有什么变化，时刻想着自己原本就是一个百姓，我记着一位哲人的话：人就像树一样，越是想往高处走，向往高处的阳光，就越要像树根一样，扎入深层的地底。

回望自己几十年走过的脚印，就像当年父亲和我走过的那条雪地小路，虽然弯弯曲曲，高低不平，但步履还稳，方向没偏，总在向前。

# 五

我又一次回到故乡，走在当年父亲和我在雪地走过的小路上。这次是专程送父亲远行。

父亲的脚印永远停住了，停在2013年的春天。

那天，我到海南出差，临行时，我对父亲说等我出差回来，我们全家来祝贺你86岁生日。到达海南的那天深夜十二点，突然接到家里电话，说父亲突发心脏病，正在医院抢救。我心里"咯噔"一下，惊呆了，担心上了年岁的父亲难过这一关。想到在接到家里电话的几分钟前，我在宾馆房间听到走廊里突然传来几声咳嗽声，父亲经常会这样咳嗽，而且这声音与父亲的声音像极了。我想，这个世界在最亲的人之间是否会有一种超越空间与距离的心灵感应呢？这几声咳嗽，会不会是父亲在生命垂危之际还要给我嘱咐与叮咛呢？当我带着焦虑和担心赶到家里时，父亲那颗顽强的心脏永远停止了跳动。

　　送别父亲的日子，正是父亲86周岁的生日。那天，天阴阴，地沉沉，细细的雨点像千万行泪珠挂满了天幕。前来为父亲送行的成百的亲友们，身穿雪白的长褂，仿佛披上了一层薄薄的雪花，这"雪花"组成的长长的队伍，行走在乡间小路上，恰似当年的雪地，那么耀眼，那么冰寒。我们全家和亲友忍着悲痛，含着泪水，沿着当年父亲和我走过的小路，泣声唱着《祝你生日快乐》，送父亲最后一程，没有风儿吹，没有雪花飘，只有绵绵思念涌心头……

# 一毛钱

　　许多往事，已随着时间的流逝在我的记忆中淡去，唯有童年的"一毛钱"的小事深深地印在我的脑海里，它像一座美丽的浮雕，刻进我的心田，伴我走过漫长的岁月。

　　48年前的那个春上，当时只有七八岁的我，同母亲一起到省城南昌走亲戚。回家时，母亲领着我乘公交车从八一桥到老福山转车。或许母亲认为我还没长到应该买票的标准，只买了一张票。下车时，售票员发现跟在母亲后面的我没有买票，说："这小孩要补一张。"母亲说："孩子还小，不需要买票。"可售票员硬是坚持，竟和母亲争执起来。

　　我害怕极了。我怕争执的结果会把我交给警察，便使劲地拽着母亲的衣角，争吵声越大，我拽得越紧。我像做了一件错事似的，茫然地望着那位售票员。

就在母亲和售票员争得不可开交时，一位中年男子走了过来，那男子约莫30多岁，中等个头，和善的面目中透着几分秀气，他从皮包里拿出一毛钱递给售票员说："算了吧，我给他补了。"这下帮母亲解了围，我也松了口气。下车后，母亲连声向那位中年男子道谢，并迅速从口袋里掏出一毛钱还给他，中年男子执意不肯，边走边说："不用谢，不用谢。"母亲追着他还钱，我拽着母亲的衣角，连走带跑地跟在母亲后面，母亲追赶越紧，那男子便小跑起来，还不时回头向我们挥手再见。

和煦的春风中，母亲拉着我的手站在路旁，感激地目送着中年男子走远，直到他消失在熙攘的人群中……

没有激动人心的场面，也没有扣人心弦的情节，但这一幕一直粘贴在我的心头，萦绕在我的脑海里，每每想起，心中便充满一种感动和温馨。我曾无数次地想找到这位好人，向他道一声感谢；也曾多次想给他写信，表达我的感激之情，可我不知道他的姓名，也不知道他住何处，茫茫人海，没法打听，我唯有将其封存于心灵深处，在生命的时钟里静默地独享那份凝重的记忆！

可是时间长了，这件事渐渐成了我的一桩"心事"，我有点憋不住了，想把它写出来。我估算如果当年那位中年男子现在还健在，该是一个耄耋老人了。也许他自己早已忘记了这件事，也许他从来就没有在意过，即使是他健在而且还记得这件事，我写出来他也不一定能看到，但我还是想写出来。

我想告诉他：当年的那一毛钱车票对我是如此刻骨铭心。几十年来，我无论在农村、在工厂、在部队、在学校、在机关，在国内或在海外，心里总是装着这件事。虽然我记不住他的音容笑貌，但是他已刻在我的生命里。因为他那一刻的举动，使我懂得感恩；因为拥有感恩之心，使我的生命的历程充满温馨。这一毛钱车票的记忆，已成为我精神世界的组成部分，让我生命的分分秒秒都享受着感动！

我想告诉他，我十分庆幸自己与他的这次"际遇"：在我即将开启认识世界的人生旅途时，是他用无私的人性之美，给了我人生第一缕灿烂的阳光。在他手举一毛钱代母亲交给售票员那一瞬间，我看到了人性的善良与纯真，看到了人世间的多彩和美丽；在母亲追着他还钱，他脸带微笑，小跑着远去时，我领略了助人的快慰和无私的高尚！是他用不图回报的惠助之恩，在我幼小的心田里播撒了感恩的种子，这种子从我的心灵深处生根发芽，陪伴我经历人生的风风雨雨，同我一起成长。

我想告诉他，我从他的行动中懂得了感恩的含义：它不是对施恩者等量的回报，而是一种心灵的偿还。我知道自己对他无法回报，唯有用纯真的心灵去回报社会！几十年来，我怀抱感恩，一路走来。也学着他的样子，做过一些不起眼的小事：在长途列车上为老大爷、老大娘一路做好事；在日子过得紧紧巴巴的年代，把自己仅有的10斤粮票捐给路遇的地震灾区难民；给流浪街头的儿童和老人解囊买饭……

我同样也钦佩我的母亲。她是个地道的农村妇女，虽没有读过书，但心地善良，明了事理，是非曲直界限分明。就在母亲追着他还上那一毛钱的刹那，我看到了母亲心灵的光亮，母亲的行动告诉我，不要亏待好人，不要忘记帮助过自己的人。

记得法国伟大的文学家巴尔扎克说过："微不足道的小事往往会演变成人生的重大经历。"巴翁视此为生活的一条真理。我在童年时代经历的这件事，给我多方面的教育和鼓舞，成为我为人处世的一个支点，在我的成长过程中，它给了我无形的巨大力量，是我的一笔难得的精神财富。

"一毛钱"的故事已过去将近半个世纪，岁月的流云，已风化了许多事物，但那位陌生人的一毛钱，将永远在我的心中闪动！

# 工作同志

上世纪五六十年代，老家的村子经常会有一些上级机关下来的人员，他们或来进行农村思想教育，或组织兴修水利，或检查农业生产，或帮助"双抢"秋收。虽然他们在机关里有的当书记，有的任处长，有的是主任、科长，但村里老百姓不称官职，一律统称他们为"工作同志"。

看得出，"工作同志"很乐意这样的称呼。有时候有的社员群众分不清他们的姓名，喊一声"工作同志"，几个"工作同志"会同时回望，而后相互对视，露出一抹会心的微笑。

"工作同志"进村通常都住在大队部，有时候也被安排住在社员家里，吃饭是吃"派饭"，社员群众挨家挨户轮流。那个时候，生活拮据，轮到哪家基本都是以蔬菜为主，外加一个炒鸡蛋或鸡蛋汤，有的家庭还会想法到河塘抓一些小鱼小虾，如碰到家境好一点的家庭，也许会到街上买点猪肉，这已是当时最奢侈的招待了，也算是"工作同志"有"口福"了。尽管接待"工作同志"对一般社员家庭可能是一个小小的"负担"，但大家都十分乐于为"工作同志""办餐"，轮到哪家，那家就像有什么喜事似的，早就在盘算弄点啥好吃的给"工作同志"；如果碰到几家同时有点"好菜"，还会争着给"工作同志"供餐。每家招待过后，"工作同志"就会及时按当时规定的伙食标准如数结账，你若是想表示表示"意思"，免了，那可是不行的！

"工作同志"下来是来工作的。他们平易近人，不拉架子，不打官腔，没有居高临下的姿态，也没有气宇轩昂的气度，和社员同吃、同住、同学习、同劳动，插耕季节他们和社员一样，晴天一身汗，雨天一身泥；田埂地头、开山扩地、挑挖塘泥、水利工地，处处可见"工作同志"的身影；他们走村串户，和社员群众拉家常，谈生产，问生活，聊天谈心，宣传政策，嘘寒问暖，了解社员群众思想情绪，帮助群众解开思想疙瘩，化解邻里之间纠纷。虽然每一批"工作同志"在村里待的时间不长，有的一两个月，有的一二十天，但和群众结下了深厚感情，群众对"工作同志"也非常信任，有什么心事，家庭有什么纠纷都愿意找"工作同志"倾诉。甚至有的村民间发生矛盾和纠纷，一时解决不了的，会说：等下回"工作同志"来了，我们找"工作同志"说去！

因为父亲是大队支书的缘故，我家是"工作同志"进村的第一站。父亲和"工作同志"不管是以前熟悉的，还是初次见面的，都很亲切，他们谈工作，谈各村情况是那么认真，神情是那么和谐。那时小小年纪的我很喜欢父亲和"工作同志"的这种工作氛围，也常"旁听"他们谈些工作上的事情，因此，我很盼望常有"工作同志"来家吃饭或"工作"。一些常来家的"工作同志"渐渐对我也熟悉了，有的"工作同志"后来一直和我保持着联系。

时光的流逝，时代的变迁，风化了许多的事物，连称呼也风化了。现时不管在城市还是乡村，不绝于耳的是"领导"、"老板"、"老总"、"先生"或是科长、处长、局长、部长之类的名堂繁多的称呼，而且无论是什么长，在称呼中也不带"副"的，再也难以听到"工作同志"这样的称呼了。

我喜欢"工作同志"，因为这个称呼高尚而动听！

我喜欢"工作同志"，因为它是那个时代社会风气的真实写照！

我喜欢"工作同志"，因为我企盼着良好的党群关系、干群关系回归！

# 人间辉映着他生命的光彩

一

京承——我的老领导、老战友、老朋友在同病魔顽强抗争3年多后，带着对生活的热爱、对事业的追求、对亲人的深深眷恋走了。

他的离去，使江西文坛失去了一位领导型作家，文学事业尤其是散文创作失去了一位积极的参与者、支持者、推动者；江西政坛失去了一位颇具文人特质的领导；江西社会经济发展事业少了一位思想者、谋划者、实干家。

他离去后，我听到、看到许许多多的人在以各种方式怀念他，追思他。怀念着、追思着这位有性格的人，敢讲真话的人，替老百姓着想的人，玩命地工作的人，当了官不忘本的人，可亲、可近、可敬的人！

# 二

我与京承相识在绿色的军营。绿色象征着希望。希望是由人才托起的。军营里聚集了大批各类优秀人才，大批的"好钢"源源不断地输送到军营，在这个大熔炉里锻造成才，尤其是在上世纪的中后期，大批大批的来自山乡田野的农村兵，踏入军营后，由于环境和条件的极大反差，由于从封闭状态突然走进了一个"大世界"，由于年轻，充满理想和激情，又吃得了苦中苦，因而他们的思想常常会产生"飞跃"，各方面的进步也很快，其中的一些佼佼者，用不了几年工夫，便会将那些在条件相对优越的环境中长大，有点看不起"土包子"的城市兵"甩"在后面。于是，大批来自农村的兵迅速地成了军队干部，大批来自农村的优秀士兵成了军队各方面建设的人才。在军营这支人才大军中，从湘西雪峰山下溆浦县的一个小山村走出来的京承便是军队新闻宣传战线的优秀代表人物，在部队尤其是空军部队享有很大的名气。

我知道韩京承这个名字还是在上个世纪70年代初当新兵初学新闻写作的时候，那时，我在北京空军部队，常听人说："福州空军有个韩京承。"以后，我经常在报刊上看到他的文章，也常听到朋友们介绍他的文品和人品。渐渐地，我对他的印象也就更深刻了。但我们第一次见面，还是1980年春。那次我到北京军事博物馆去看望一个战友，正好京承也在那里，他是作为"一心为革命的好飞行员——孙安定"这一重大典型的主要发现者和采写者被特邀来军事博物馆筹办"生命的赞歌"的展览的。我们只随便交谈了几句，但那次的接触，他给了我第一个印象：稳重、老练，好像总是在沉思的样子。事有凑巧，一个偶然的机会，我被调到福州空军机关，同京承在一个机关、一个部里、一个办公室工作。京承是我的领导，我们同窗笔耕，致力于一个兵团级政治部门的新闻工作。以后我下了部队，但京承仍是我的"顶头上司"，工作常来常往。又是一个巧合，若干年以后，在"百万大裁军"中，我们又同一批"解甲归田"转业到省城，后来又有10多年的时间，在同一个大单位，同一个大院里办公。以后京承职务升至省级领导，他职务高了，地位高了，但我们仍然像以往一样，一直保持着密切联系，常常在一起谈学习，谈工作，谈人生，谈社会。由于对文学的共同爱好，我们也常在一起说题材，说路子，说灵感，说体会，多年来进行着愉快的合作。在他的提议下，我们曾联合出版过一部纪实文学作品集《多彩的人生》。

长期的相处，"零距离"的接触，深度的思想交流，使我对京承有着较深的认识和了解，对他的为人、为文、为官有着深深的敬意。

# 三

京承在空军部队生活、战斗了26个春秋，绝大部分时间是"摇笔杆子"，除写了大量的经验材料、工作总结、调查报告和按他讲的"发表在领导嘴巴上"的讲话稿及各种文件之类的东西外，在他的"主业"——新闻报道方面更是果实累累：曾在军内外各种报纸、杂志、电台发表过数以千计的稿件，他酷爱文学，文艺创作也颇有成果：发表过上百篇报告文学、散文、小说等文艺作品，有的作品受到读者喜爱，并获得文学创作奖。他所写的那些新闻作品和文艺作品，热情歌颂了人民军队这个英雄集体里的先进人物和先进事迹，真实地反映了部队火热的战斗生活，文中倾注了他对党、对人民、对社会主义和对人民军队的无比热爱之情。转业后不久，出于对部队生活的眷恋和思念，他从发表的稿件中选出一部分结集为《蓝色的脚印》出版，当我作为第一个读者看完《蓝色的脚印》的书稿后，更加感到这是一部正义和光明的颂歌，是一部人民军队的英雄赞，它不仅使我的"心在跳，情在烧"，也使我油然而生"生命里有一段当兵的历史"的自豪感。

京承所写的以军事题材为内容的作品，包含了故事、通讯、特写、报告文学、散文等多种样式，多角度、多侧面、多层次地反映了人民空军从上世纪60年代初期至80年代中后期的战斗生活。他写的都是穿蓝裤子的那些兵，几乎包括了空军多兵种的各类人员，有穿云破雾、搏击长空的飞行健儿，有为战鹰铺平通天路的地勤人员，有察天观地、擒妖缚怪的雷达兵，有英姿勃发的"全能炮手"，有自学成才的"猪倌"，有"两地书"式的恋人，还有驾机归来的爱国勇士。作品涉及了机场、高山、海岛、边防哨所、高炮和雷达阵地等空军部队各个生活、战斗的场所，他的军事作品在人们面前呈现出一幅幅色彩斑斓的军营生活图景，既充溢着紧张热烈的工作、战斗气氛，又有浓烈的生活气息。

京承在部队"摇笔杆子"的20多年间，正是我国政治风云不断变幻的非常时期。但他没有去赶政治浪头，追逐时髦，没有趋炎附势，而是深深扎根于人民群众的土壤之中，始终把笔端指向那些默默无闻、无私奉献的普普通通的战士和基层干部，写的都是"凡人凡事"，写他们的欢乐追求，写他们的情趣、爱好，歌颂他们的事业、美好的心灵和高尚的情操，坚定地做战士的忠实代言人。

法国伟大的雕塑艺术家罗丹说过："有性格的作品，才是美的。"而最足以显示一个人性格的，莫过于他对某种事物的执着追求和赞美。京承竭力为普通战士树碑立传，为他们唱赞歌，非常突出而又鲜明地表现了"歌颂正义、向往光明"这一主题，这一方面使他的作品的思想达到了纯洁化、高尚化；另一方面也表现了他坚定的历史唯物主义的世界观和大众化的"美"的"凡人性格"。

京承是忠实于现实生活的，其写作态度像他做人做事一样严肃认真。他经常讲，真实性是文章的生命所在；求实求真是每个作者应有的品质。在福州空军宣传部任副部长时，他强调最多的是新闻和文艺作品的真实性问题，他对弄虚作假深恶痛绝，要求新闻干部消灭假报道，发现弄假，绝不留情。他要求文艺创作实现生活真实和艺术真实的结合，不要胡编乱造。他自己写的作品，是让人可信的，不仅那些真人真事的新闻作品是挤干了"水分"的文字，即使是那些虚构的文艺作品，也大都是以真人真事为背景，通过对生活的深刻而细致的观察及对丰富的实际生活的体验有感而发的，"发出的都是自己的声音"，给人以很强的真实感，使读者感到"生活本来就是这样"。因而能够引起人们的共振、共识和共鸣。

善于发现并致力于宣传典型，是在同京承的共事中他给我的一个突出印象。20多年来，由他报道和参与写作的有几十个空军各条战线的先进单位和个人的典型。其中在军内外产生较大影响的有"学习毛主席著作积极分子"丰福生，有被中央军委授予"一心为革命的好飞行员"称号的孙安定，有被空军党委授予"雷锋式战士"称号的李宗社，有被团中央授予"新长征突击手"称号的"杜凤瑞大队"青年大队长洪其淮等。另外，还有一些典型人物和单位，京承虽然没有参加采写，但他也做了大量工作：或是由他发现、推荐的，或是由他组织力量报道的。正是由于京承的努力，我们原来福州空军部队的典型宣传一直较为活跃，军营不断开放出一朵朵绚丽的新花。这些典型的宣传，在鼓舞部队士气、激励干部战士斗志、推动部队军事训练和精神文明建设等方面发挥了积极的作用。

经过长期的写作实践，京承已能较熟练地驾驭包括新闻和文艺创作在内的各种文体。在新闻写作上他具有很强的敏感性，能从不为一般人注意的"小事"中抓出"重大问题"。在文艺创作方面，也表现出艺术才能和功力。尤其是散文的写作，俨有"大家"风度。他写散文，随手拈来，从不装腔作势摆架子。不论是抒情的，还是叙事的，语言都很清新流畅，高雅清丽，贴近生活，朴实自然。他写的随笔，文字活泼，形式不拘一格，寓抒情、叙事、议论于一体，具有浓厚的生活味。他的散文作品，不论是几千字、上万字的"大块头"，还是几百字的"豆腐块"，他都精心雕琢，力求出新，力求挖深，使人读后有所思、有所得。在他的那些军旅散文中，我最为欣赏《直线赋》和《春夜，心潮在涨落》。在《直线赋》里，作者把对人民军队的深深爱恋之情和高度强化的激情和盘托出，在他那声情并茂的描绘中，本来比较单调的军队"一条线"的生活是那样充盈着生气，那样美妙有趣。读后不能不使人产生没有当过兵的遗憾感。《春夜，心潮在涨落》则显得深沉、凝重，激情中充满思辨。这篇作品发表于1983年，这时，京承已进入不惑之年。当时，无论是社会上，还是部队里，都掀起了学科学、学文化的热潮，大家都争先恐后参加学习，要考文凭。对此，京承很有一些感触。他把这些感触用散文的形式表现出来，这便形成了《春夜》。这是一篇散文抒情诗，它用诗一般的语言，诗一般的意境和遐想，来抒发"我"在天命之年"被批准进文化补习学校学习"的感触，给人以强烈的感染。

京承以他在新闻写作和文艺创作两个方面的成果，出席了首届全国青年业余创作积极分子代表大会，登上了人民大会堂的讲台，受到周恩来、刘少奇、朱德、彭真等党和国家领导人的接见，被吸收为新闻工作者协会和作家协会会员。

但他从不居功自傲，处世待人没有一点架子，谦虚和蔼，平易近人，不论是同新闻干部、业余通讯员还是连队的普通战士都很谈得来，因此，大家都喜欢同他接近。他像一个"磁场"，走到哪里都会吸引一些新闻干部、业余通讯员和战士。难能可贵的是，当他自己有了经验，就尽力帮助别人。他热心对新同志传、帮、带，毫无保留地向他们传授自己的写作经验、体会。为鼓励业余通讯员写稿的积极性，京承常同他们一道采访、写作。

他经常同新闻干部或创作人员侃题材，说灵感，谈路子，同他们一起交流创作经验、体会以及腹中的"胎儿"，他甚至把自己想的情节贡献给他人。因此，大家都很尊重他，他的周围弥散着一股很浓的创作气氛。他在福州空军部队负责新闻宣传工作10多年来，福州空军部队出了不少的记者和作家，可以说，他们之中大多数在创作入门阶段都曾直接得到京承的帮助和指教。我在他身边工作多年，曾得到他多方面的帮助，受他的影响是很大的。

# 四

京承出生于1941年7月1日。他出生的日子我是在他逝世后才知道的。7月1日，是共产党确定的自己的生日。党在她的生日这一天，又增添了一位忠诚的战士。

一个人的出生是不能选择的，但一个人出生长大之后，走什么样的路，做一个什么样的人，则是由他个人决定的。京承以他的言行告诉世人：他是党的人，是一个对人民有益的人！

1985年，在百万大裁军中福州空军被撤销，京承离开了他热爱的部队，以正团职职务转业到江西。人民的优秀子弟回到了人民子弟兵的故乡，回到了"军旗升起的地方"；人民的优秀子弟回到了人民之中。

这时的京承，不仅磨砺出一副军人刚肠和战士的品格，不仅是一个能熟练地驾驭各种体裁的写作人才，而且具有很高的综合素质，很强的行政能力和丰富的领导经验。

他被组织安排到省民政厅，从事农村救灾、扶贫济困的工作。这项工作，用京承的话说是专门与贫穷和落后打交道的差事，是与最困难和最可怜的人为伍的。他在写给朋友的一封信中说自己"叶落归根了——出身于农还于农"。他高兴地告诉朋友："在党和国家力争使老少边穷地区赶上全国脱贫致富步伐的大背景下，显示出我干的这一行的时代意义和蕴含的思想光彩，我由此感到自豪。"

刚转业的那阵子，我常常被他召到办公室或家里，听他谈扶贫救灾，谈工作思路。记得1987年，我到北大参加一段时间的培训，其间曾收到他两封信，谈的主要也是他的救灾、救济、扶贫工作。他的这种敬业精神和心里总是装着困难群众的精神令我感动。为使江西扶贫工作产生更广泛的影响，引起全社会的关注，他连续几晚熬夜写信给著名报告文学作家、时任总政文化部领导的袁厚春同志，邀请他或军队其他作家来江西采访，向世界报告一下江西老区的今昔。这封3000多字的不平常的书信，字里行间透着京承赤诚的心：

"……这里的一些地方仍然贫穷。这些善良的老表，这些具有惊人忍受力的中国农民，这些曾经被反动派大'围剿'的屠刀一次又一次在头顶上挥过的幸存者，这些曾经用红米饭、南瓜汤——不，用自己的血汗和乳汁哺育了革命、哺育了红军的江西老区人民，仍然过着如此贫困的生活，只要有一点人民性的人，有一点党性原则的共产党人，听来都会有一种沉重感、负疚感，由此也会萌生出一种强烈的历史责任感。

"……江西开始了用汗水加泪水向扶贫开发大进军。省委书记、省长、常委、副省长们全部出动，挂点扶贫。……经历了五次反'围剿'的老区人民，如今又在进行另一种新的反'围剿'，即冲破封闭和保守思想的'围剿'，冲破贫穷落后的禁锢。

"……几年春秋，几易寒暑，奋斗拼搏刷新了老区的面貌。如今的江西已今非昔比，社会进步，经济腾飞，江山万里，春潮激荡。

"来吧，红土地在呼唤！这里是人民军队的故乡，写革命根据地建设实乃军队作家应有之义……"

也许是这些文采飞扬、饱蘸激情的文字感染了厚春，也许是京承的精神和恳切感动了厚春，也许二者都有。后来厚春自己因离不开未能赴约，特地派了著名报告文学作家、《元帅外交家》的作者何晓鲁来江西，何晓鲁在江西采访一段时间后，写出了长篇报告文学《江西苏区悲喜录》，这部作品获得1988年度全国报告文学奖，在全国产生了很大的影响。

那是上个世纪80年代末的一个夏季，正是早稻扬花灌浆和棉花大豆等经济作物旺盛生长的时期，连续7天的暴雨从江西的西南向中部、东部和北部蔓延，7天的降雨量占江西全年降雨量的20％，横贯江西的赣江、抚河、信江、饶河、修河五大河流的水位，全部越出警戒线，省内的20多座大中型水库的库水也已全部爆满，其中信江的水位越过警戒线5米多，是112年来的最高水位。这次洪水，给江西带来了极为惨重的损失，全省早稻减产10亿公斤，200多万亩二晚秧苗被淹。原来就比较贫困的灾区受灾后有800多万人缺粮，50余万户269万人平均每人缺三个月的粮食。

那个灾年，京承已经走上了民政厅的领导岗位，他牵挂着灾情，牵挂着灾区人民群众生活、生产上的困难，为了使灾情能让国际组织了解，获得国际组织的同情和支援，他组织人员拍摄了江西受灾实况，要将其制作成对外宣传电视片。那时我在省委宣传部从事对外宣传工作。那天，他专门找我，要我为该片撰写解说词，说："这次要劳你辛苦一下，一定要帮这个忙。"我与京承交往这么多年，还是第一次听到他用这样恳切的口吻给我交办事情。我当即表示，一定尽力而为，并说宣传江西是我的责任，义不容辞，很难得为你"服务"。我注意到，他听后随即嘴角边挂出了难得见到的微笑，连声说"好，好！"并两遍重复着那句"难得为你服务"。这件小事中的细节，虽然过去了20多年，但我依然记得那样清晰，从他那不易觉察的一个微笑中，折射出京承何等强烈的责任感啊！

很快，我遵京承之嘱，以《特大洪水袭击中国江西》为题，撰写了这部反映江西灾情的对外宣传电视片的解说词。后来京承高兴地告诉我，该片报往国际十年减灾委员会和联合国救灾救济署后，江西获得了一笔国际救济款项。他感到了些许欣慰。

## 五

在与京承的长期交往中，给我一个突出的印象，他是一个有着鲜明性格的人，具有典型的"湖南性格"，在他身上体现出一种浓重的"三湘味"。

他曾以浓厚的兴趣给我讲起过他的儿子韩潮一件很有"趣"的事。韩潮是在南昌外公、外婆家里长大的，京承长期在福州工作，韩潮在南昌，父子平常难得一见，只是偶尔京承来昌出差或春节探望岳父岳母才有机会接触。那一年，韩潮还很小，大概是在上小学的时候，南昌地区开展大规模的灭鼠运动，大街小巷，每家每户，房屋的每个角落都撒着毒老鼠用的染红了的大米，大家都称之为"红米"。一天，小小年纪的韩潮可能是在外面同人接触时遇到或是听到一件自己认为是不正常的事，便突然迸出一句："你吃多了红米哟。"京承知道这件事后，认为儿子的这句话"带劲"，既幽默，又有艺术，还有旗帜。他在给我讲这件事时，不禁发出了我很少听到的爽朗的笑声。那是父辈感到满足和骄傲时才可能有的笑声，他不无骄傲地说："这才像我的儿子。"我当时听到这话也不禁笑了起来，心里暗暗说道："老韩呀，老韩，你真是老韩！"

这件有趣的事虽然是个题外插曲，但我相信读者看到这里，也能从中领悟到京承的鲜明性格。

一个人的性格是一种看不见的本质，是扎根在骨头和血液里的。一位大师说过，性格不可能在平静安逸中形成。只有经历过磨难和痛苦，灵魂才能变得坚强，眼光才会变得清晰，雄心才能得到激励，成功才能有望企及。

长期以来，京承正是凭着他鲜明而坚强的性格以及由其性格使然的对事业的热烈追求，踏踏实实做事的作风，玩命地工作的精神，在他所从事的工作中取得了突出的成绩，表现出优秀的品质和突出的才干，赢得了群众的赞许。他以突出的成绩得到了上级组织和领导的充分肯定，受到组织的重用。他在民政厅工作了几年后从厅长的岗位被调到了省委组织部，之后又升任为省政协副主席，成为党的高级领导干部。

当了"大官"的韩京承还是韩京承！他多次对我说，当官不是我的追求，人生能为人民做点事才有价值。那年高考时，京承心爱的宝贝女儿炎炎考上了北大，他给我打来电话，告诉了这个喜讯，说："炎炎考上了北大，比我当什么长都高兴。"他曾对一位友人说过这样一段话："不要以为我在省里当了一个干部，就不得了了，或者认为有什么甜头，其实我很不轻松。我们湖南有句土话，叫'穷人得志活遭罪'。我觉得这顶'官帽'戴在头上，就像孙猴子头上套上了唐僧的紧箍咒，给点权拿在手上，就像燃热的烙铁烫手，老大的不自在。总觉得责任和干系特别大，一点也不敢懈怠和马虎，生怕事情没办好而时常坐立难安。我对自己的要求又比较苛刻，处处不忘也不敢丢我那老农民的身份，作田人的本相……"

类似这样的话，我也不止一次听到京承说过。这些话语，推心置腹，话从心出，也是他为人为官的真实反映。

当了领导的京承，除了感到责任更重大、更沉甸以外，仍然保持着他一贯的作风，当民政厅长是如此，在组织部当副部长是如此，就是升任省政协副主席后依然如此。他的工作还是那样忙碌，除了思考还是思考，除了工作还是工作，凡是与他共过事的人，都说他是个"工作狂"。他走到哪里，都随身带着一个边上有提带的那种提包，里面总是装有不少文件和资料以及已经修改或正在修改的文件、讲话、文章等。他讲实际、讲实效、讲认真；爱思考、爱钻研，爱自己动手，无论小材料还是大报告或由他主持发出的文件，他看得认真，改得仔细，有时甚至自己动笔起草。他点子多，语言活，他的讲话或报告，带着很浓的"韩氏"特点，是他从实际中调查得来的情况与自己的思考碰撞后而形成的文字。我去他办公室或到他家里，经常见到他伏案修改或撰写文稿，有几次我对他说：你当了这么大的领导，写材料、改稿子这些事可以交给下面的同志做，你提提要求，说说思路就行了，现在年纪也大了，不要搞得太辛苦，把身体累坏了。他每次总是重复同样的话："做惯了，也不觉得累。你是了解的，我的性格就是这样啊！"

他的确是这样的性格：执着、倔强、坚定。在我的印象里他总是在不知疲倦地工作着。

# 六

京承深深地热爱着江西，深爱着这片红土地。他对江西有着特殊的感情，称自己是"进口老表"。他在江西工作、生活了24年，足迹踏遍了江西的山山水水，他对江西有着深刻的认识和了解，他像一部"流动的江西电台"，不遗余力地向省外宣传介绍这块古老的土地，红色的土地，充满希望的土地。

在这片土地上，作为一个党的高级领导干部，他对党的思想建设、作风建设、组织建设等方面作过认真的、深层次的思考，提出过许多有思想、有价值的建议；在全党开展"三讲"教育中，他作为省委"三讲"教育领导小组成员，主持"三讲"办的日常工作，全身心地投入到"三讲"教育中，并将"三讲"教育的全过程，自己参加"三讲"的全部经历、切身体会和主要收获以及组织"三讲"教育工作实践的心得体会，研究成果，加以总结，形成了一部被原中央组织部长张全景称之为"具有可供研究和存史价值"的专著《我的〈三讲〉档案》。

在这片土地上，他"沉"到民政工作当中，对民政工作的理论与实践进行了深层次思索，围绕民政工作的方向、发展目标、工作方法、工作作风等方面从理论和实践的结合上进行了总结，提出了许多独到的见解，形成了一部20余万字的民政工作专著《民政散论》。

在这片土地上，他对红土地上的农民兄弟牵肠挂肚，对如何发展农业经济，解决农村问题，帮助农民致富等问题进行了深入探索和思考。为帮助农民致富，给农民兄弟致富的路子和办法，他将全省有"绝技"的，已经致富了的农民的致富经验加以总结，形成了两部专著《来自田野上的报告》和《田野上的院士》。

在这片土地上，他从事人民政协工作近10年，他把政协工作当作一门学问，从宏观到微观，从政协履职的理念到政协工作思路，从政协工作方法到提案，进行了深入的学习、研究、实践和探索，并将自己在政协工作中亲力亲为所得出的体会和感悟写成文字，形成了一部专论政协工作的专著《政协10年行思录》。

　　他就是这样，干一行、爱一行、钻一行；干哪行就成为哪行的专家，干哪行就会有哪行的专著，不是空洞的理论，不是大话、套话，而是以自己的切身体会和特有的表达方式，凝集着他的心血的结晶。他在生命的最后时刻出版的那部《政协10年行思录》，是在病房里编就的。编完这部书稿，他的生命已进入"倒计时"。我去医院看望他时，他曾让我"帮看看"这部书稿，其实未能全部看完，只是粗略地看了几篇，大体上翻了翻。我提出将书稿带回去研读，他不让带走，要我就在医院看，说带回去，再耽误几天，可能就成为"遗书"了。

　　幸好，在京承临终前，这部著作出版了。当新书送至他面前时，他已经病危，还不时地处于昏迷状态，他只在迷糊中强打着精神看了看，随手翻了翻，不久就永远地闭上了双眼。

　　他太累了。他走了。走得是那样匆忙。他在这个世界上活了68个春秋寒暑，但他的生命是厚重的。他去天那边远行，人世间却辉映着他生命的光彩。他的生命将长久地寄托在人们的记忆中！

# 驻外使节看江西

世界上有些事很怪：自己生于斯、长于斯的这块地方，往往并不觉得新鲜、可爱，而头一次踏上这土地的人，却一眼便窥探到了它的魅力。

尤其是见多识广者。1991年11月，我国驻外使节参观团一行41人，应省政府邀请，来赣参观考察。这些使节和夫人，分别驻联合国和亚、欧、非、拉丁美洲的20个国家，长期在国外生活和工作，对世界有深切的了解，却大多是头一回来江西。10天的访问结束后，使节们说："真没想到，江西的风光这么漂亮，江西有这么多好东西！"笔者有幸陪团采访，耳濡目染，感触颇深。

井冈山是使节们参观的第一站。他们对这个中国革命摇篮向往已久。为使节和夫人们所惊讶的是，井冈山不仅历史红，而且自然风光竟然那么美！众多的革命胜迹和秀美的自然风光巧妙融为一体，如红花绿叶相得益彰。茨坪、黄洋界、大井、小井、龙潭……每到一处，使节们都称羡不已，叹奇叫绝。眺望五指峰，那突兀的奇峰，幽深的密林，飘绕的云雾，画一般美丽。有的人还取出一百元面额的人民币，看着上面的图案，比画着眼前的五指峰，按图索骥，别有一番情趣。使节们为井冈山这么美丽的风光鲜为人知而惋惜，说："这样好的风景我们都不知道，何况外国人。"

驻瑞士大使丁原洪说："世人都说瑞士风景好，我看，井冈山的风景不比瑞士差。瑞士大多是人工雕琢的景观，而井冈山是大自然的风景，更加吸引人。"对外宣传太少，看来是很值得我们研究加强的一个问题。

考察江西的特色产品，虽是走马观花，却仍然令使节们目不暇接。在瓷都，他们兴致勃勃地徜徉于瓷器的世界，顿觉眼界大开，被琳琅满目的各种艺术品所吸引。件件都想看个真。晚上，好客的主人在宾馆为使节团准备了专场舞会，左等右等，只来了几位，原来使节和夫人们吃过晚饭就自己"赶"瓷器夜市去了。驻圣保罗副总领事陈笃庆、驻墨西哥参赞王成家说："中国有景德镇这样举世闻名的瓷都，我们在国外也光荣。"驻喀麦隆大使申连瑞说："喀麦隆人很喜欢景德镇的瓷器。去年外省有一个展览团到喀麦隆展览，带去了几件景瓷，一抢而光。有的人为买景德镇花瓶，甚至托上层人士或夫人同使馆'拉关系'。"驻摩洛哥大使夫人司徒双买了不少"小和尚"、"小寿星"和小花瓶。她说："都是送给国外朋友的，花钱不多，但却是珍贵的礼物。也许你们想不到，国外是怎样的崇拜景德镇！"

在生产四特酒的樟树，使节们品尝了"清香醇纯"的"四特"后连声称赞："好酒，好酒！"驻墨西哥参赞王成家笔书留言：饮酒干杯，挥毫万字。驻哥伦比亚大使王隅生提出：要把四特酒作为外交部供应处的可供产品，提供给驻各国大使馆。驻哥伦比亚大使馆订购了50箱。外交部供应处也决定，先向四特酒厂订货5吨。不过，使节们也挑剔地指出："工人穿着鞋子踩制酒原料不雅观，也不卫生，这道工序让外国人看了，人家就不敢喝'四特'了。"

在共青垦殖场，使节们参观完羽绒厂后，在厂门市部逗留了近1个小时，质量上乘、款式新颖的各种羽绒产品，引起了大家的购物欲。外长钱其琛夫人周寒琼，先为女儿和自己各选购了一件羽绒服，然后还特意为丈夫选购了一件别致的羽绒夹克衫。

在余江雕刻工艺厂，使节们参观了"木雕大王"张果喜开创的事业，无不惊叹佩服，他们看到陈列室里的木雕制品，说：

"在这里随便挑一件东西，都值成千上万美元。"驻新加坡大使张青表示："我们使馆装修，就请你们去。"

考察结束后，驻外使节们与省领导进行了座谈。江西要大力加强对外宣传，是使节们一致的看法。他们认为：江西的旅游风光和名优产品，在国外都可以叫得响，站得住，打得进。对外宣传应该大做文章。使节们还提到，江西要花大力气改善交通条件和服务设施，江西交通不便，铁路少，机场少，公路质量差。一些使节在乘车去景德镇和井冈山的途中，半开玩笑地说："真是上'摇篮'了。"他们说，如果让外国人坐两天汽车，看一天风景，他是不肯干的。外国人住宾馆，不一定要求很高级，但要舒适、干净，服务设施周全，使用方便。在这些方面，还有待于江西人再加把劲，再努一把力，真正让世界了解江西，让江西走向世界。

筑起蓝天长城

# 勇者脚下必有路

## ——侦察航空兵首闯超低空训练追记

说起路，人们自然会想起平展宽阔的公路，火车奔驰的铁路，轮船航行的水路，崎岖凹凸的山路。不是的。这里追述的是空军侦察航空兵某团用国产超音速侦察机，成功地进行超低空飞行，为空军侦察强击、歼击机闯出的一条训练新路。

## 不能老走这条路

事情起始于云南前线。当时，这个团奉命去云南前线参加对越自卫反击作战。一次，前线指挥所给这个团下达了一道侦察敌十四交通要道的战斗预备命令。他们根据越南边境山高、林密、谷深、洞多的复杂地形，制定了一个避敌雷达的单、双机超低空隐蔽航行、超低空大速度照相侦察的行动预案。方案出来了，可是大家的心里也敲起了"小鼓"：过去部队在训练和执行任务中，都是采用高、中空，现在要飞超低空，能行吗？万一上级命令出航，怎么完成任务？

新的课题，严肃地摆在这个团党委面前，促使他们思考这样一个问题：随着武器装备的发展，战斗样式和作战对象的变化，侦察机的战术训练，必须由高、中空转入超低空，否则，就不可能在战场上取得胜利。从前线回来后，团里有的领导就提出组织部队进行超低空训练。

## 走前人没有走过的路

人们常讲："说起来容易，做起来难。"这话一点不假。

当进行超低空训练的问题提出后，就像油锅里撒了一把盐，引起了上上下下的议论。有的说："想在山沟里飞超低空，那是墙上挂布帘——没门。"有的说："人家条件好的部队都没有搞，咱们还想窝窝头翻个——显大眼？"还有的说："飞超低空，精神可嘉，就是办不到。"更多的则是担心飞超低空我国没有先例，条令、大纲没有论述，操典教材没有数据，外军经验无法借鉴，而雷达、无线电又处于"耳聋眼瞎"的状态，怕捅出娄子，吃不了兜着走。

训练改革要不要搞？现有装备，场地能不能飞超低空？主意难拿，决心难下。就在这时，关于实践是检验真理的唯一标准的讨论，像一阵强劲的东风，吹到这个团。团党委用实践检验真理标准的观点，组织党委成员，就上述问题进行了热烈讨论。在讨论中，大家对这样几个问题作了认真的探讨：一是条令、大纲上没有的，我们能不能闯？二是没有现成经验能不能自己摸？三是歼六飞机的性能是不是只适宜高中空？探讨的结果是，大家统一了这样几点认识：一、进行超低空战术训练，是提高部队战斗力的必经之路。战争没有固定的样式，训练内容也就必须随之改变，谁能不断使自己的训练适应发展、变化着的战争的情况，谁就能赢得未来反侵略战争的胜利。二、既然是改革，就是走前人没有走过的路，就意味着要担当风险。三、失败为成功之母，即使是改革训练遇到挫折，走些弯路，能从中总结经验，吸取教训，也是非常宝贵的。四、真正的求知是实践，歼六能不能飞超低空，只有经过实践的检验才能证实，不经过实践，我们就无法认识它的最佳性能。

在统一认识的基础上，最后团党委决定：为了战时打胜仗，大胆实践，勇敢探索，闯出一条自己的路。

## "旧鞋"也要走新路

当训练改革即将铺开的时候，部分同志产生了害怕、畏难情绪：歼六是50年代的产品，超低空是80年代的训练科目，能行吗？要飞超低空，就得有新机种，用歼六去飞，非出事不可，个别同志甚至想打退堂鼓。面对这些思想反应，这个团党委感到：武器陈旧固然会给保证安全带来影响，但改革训练关系到未来战争的成败，我们决不能因此而动摇改革训练的决心。正在这个团蹲点的军区空军司令部吴副参谋长很赞同团党委的意见。一天，他把飞行员找到一块，给大家讲起了中外战争史上用劣势装备打败优势装备之敌的许多动人的战例，尔后，这位领导把话题一转，讲了这样几段话：

"从武器装备上讲，我们还比较落后，这种状况，不可能在短期内得到根本的改善。但如果我们能以积极的态度，处理好人和武器的关系，发扬我军以劣势装备战胜优势装备敌人的优良传统，研究与挖掘我现有兵器的最大潜力，用我之长，击敌之短，那么是能够找出相应的对策对付现代战争的。"

"改革训练，是新的情况对我军战斗力提出的一个新的要求，军事训练只有不断改革，才能适应这个要求。虽然我军的武器装备没有多大变化，但现行训练也有不适应现有装备的情况。拿有的部队进行以歼代强的训练来说，以前没有搞过，经过飞行实践，已获得了相当的成功。这就是说，我们穿着'旧鞋'同样能够踩出新路来。"

"任何事物都是辩证的统一，我们搞超低空训练，从现时情况看，要比四平八稳地飞高、中空多担风险，但如果只是避难就易保安全，战斗力是提高不了的。"说到这里，吴副参谋长给大家回忆了这样一个事例：1978年3月的一天，这个团的6架飞机同时上了天，突然一块乌云压到200米的低空，覆盖着机场跑道。这几架飞机在天上转了好几圈，直到最后才歪歪扭扭落地，差点发生严重事故。后来，这个团加强了低气象和夜航的训练，提高了飞行员低空驾驶技术。一天，他们9架飞机正在天空进行侦察训练，不一会儿，一块乌云一下压到180米以下的低空，可是这9架飞机都很顺利地着陆了。讲完这个事例，吴副参谋长接着说："保证安全与改革训练是矛盾着的统一，只有从难从严、从实战出发进行训练，一旦打起仗来，祖国和人民的安全才会有更可靠的保证。"

一席循循善诱、充满哲理的话语，说得大家心里豁亮。原来对超低空训练动摇过的同志说："怕噎吃不饱肚，怕水当不了渔夫，怕出事打不开训练门路，我们是人民的军队，要为祖国、为'四化'闯开一条安全路。"

## 险路变通途

　　超低空训练，飞机要在几十米的高度，以每小时1000多公里的速度，作七八十度的大坡度盘旋，拉6个负荷，而且是在峰峦重叠的崇山峻岭中起伏飞行，只要拉杆动作迟缓零点几秒，顷刻间就会机毁人亡。对此，一些同志产生了恐惧心理，不太敢飞。针对这一情况，这个团党委从既要保证安全又要改革训练的指导思想出发，认真分析了改革训练的有利因素和不利因素：不利因素主要有高度低，飞行员来不及处理意外情况，加之雷达看不到，无线电听不到，失去对空指挥。有利因素：一、全团飞行员都飞完了三提纲，有一定的技术基础；二、组织工作周密，飞机维护认真，对所飞空城进行了严密的侦察，熟悉本机场地形；三、由于超低空高度低，飞行员操作时自然会产生宁高勿低的心理状态，注意、观察力也会比高、中空更加集中，从这一点来讲，不利因素就变成了有利因素。为了使大家消除顾虑，增强信心，团主要领导和上级训练处的同志，一马当先，第一个用教练机上天试飞，紧接着，其他一些领导同志相继作了试飞实践。

在领导干部的带动下，飞行员们个个争先恐后抢着飞。大家在实践中摸索，在摸索中前进，越飞越想飞，越飞技术越精。这里请大家看看他们的一组飞行高度表吧：

第一个飞行日，500米；

第二个飞行日，300米；

第三个飞行日，200米；

第四个飞行日，100米；

第五个飞行日，50米；

第六个飞行日，35米；

第七个飞行日，30米；

第八个飞行日，20米。

有一次，几个同志在机场跑道上空作了30米盘旋、10米通场的表演。他们说："飞几千米的高空时，掉几十米的高度是常有的事，可是，飞超低空却像在柏油马路上推板车——又平又稳。想不到我们国产的侦察机有这样的性能。"

这个团超低空训练的成功，得到军委空军领导同志充分肯定和高度赞扬，指出："这是一个新的突破，为航空兵适应未来反侵略战争进行战术训练打开了一条新的渠道，不仅侦察部队要推广，强击和歼击机部队也要推广。"

# 为了战鹰安全飞

这是空军航空兵某部地勤人员为保障飞行安全一丝不苟做好机务工作的几个片断。

## 一个疑点不放过

一天，163号飞机机械师刘建新在进行飞行后检查时，发现发动机和发电机的结合部位出现了一星点油迹。这个不易引起人们重视的现象，却引起了刘建新的注意，他脑海里不禁闪出几个疑问：油迹为什么会出现在发动机和发电机的结合部位？会不会是机组的同志用毛刷清洗发动机时溅出来的？从油迹的形状看，既像是毛刷溅出来的，又像是机器里甩出来的，若是甩出来的，又是从哪里甩出来的呢？一连串的疑点，使刘建新放心不下，他立即把这一情况报告给在场负责机务工作的领导。经过检查，没发现什么问题。但刘建新没有轻易放过这一星点油迹，认真进行了分析研究，他琢磨着：在发电机上发现这种现象还是第一次，油迹虽然不多，但如果是从发电机挡油装置内甩出来的，那说明挡油装置内的密封胶圈有裂纹，如果不及时修理，大量的油迹"甩"在发电机上，就可能使发电机失火，发动机空中停车，直接危及飞行安全造成严重后果。他深感自己肩上的责任重大，如果工作上出了差错，就辜负了党和人民对自己的信任。作为一个机械师，一定要把工作做到万无一失，任何疑点不放过，任何侥幸心理不能有，于是，他带领机组同志又反复仔细地进行了检查，终于在发电机挡油装置内发现了密封胶圈有裂纹。故障找到后，及时进行了更换，消除了隐患，保证了战鹰安全出航。

## 排除故障不过夜

一天深夜，一辆北京吉普车疾速驶进了营区，停在机务一中队宿舍门口，仪表员陈荣庆和郝润德看到热电偶取回来了，立即跑出宿舍，二话没说，拿着取回来的热电偶直奔机场……

原来，这天上午，机械师陈德和做飞行预先准备工作，在检查发动机涡轮叶片时，发现特设部分有两根热电偶一头变形，如不及时更换，发动机温度表就没有指示，飞机在空中飞行，如果发动机出现超温，飞行员就不能发现，继续飞行发动机就可能被烧坏，造成空中停车事故。热电偶是属于特设的同志维护，但陈德和想，我们的一切工作，都要向人民负责。于是他检查完涡轮叶片后，把发现的这一情况及时向在场的领导作了汇报。经过检查，决定更换新的热电偶。可是仓库暂时还没有这种器材，本场的兄弟部队也没有备份的，明天飞机又要参加飞行，怎么办？经过联系，了解到500里以外的本部队另一个机场有这种器材，为了不影响明天飞行，师首长决定连夜派车把对方送的热电偶在半路上接回来。陈荣庆和郝润德听说兄弟单位帮助解决，很受教育。他俩商量着，热电偶什么时候取回来，就什么时候把它装好，随时保证战鹰处于良好的战备状态。一直等到深夜12点，热电偶才取回来，小陈和小郝忘记了一天工作的疲劳，急忙赶到机场，发扬连续作战的战斗作风，不怕苦和累，紧紧张张地战斗了几个小时，装好了新换的热电偶，这时，东方已露出了鱼肚白，他俩怀着无比愉快的心情，放心地回到了宿舍。

## 半点私心不能有

"干机务工作，不但要有过硬的技术，更要有对党、对人民高度负责的精神，处处忠诚老实，事事出于公心，决不能掺半点假。"这是代理机械师吴增录的体会。他是这样想的也是这样做的。

这天，56号飞机第一个起落飞完了，当飞机拉到起飞线时，吴增录利用再次起飞的短暂间隙，迅速爬上飞机，打开发动机包皮，细心地检查着飞机的主要部件有无故障隐患。

当他左手拉油门拉杆，检查发动机三度电门时，听到"叮铃"的微小声音，在发动机机件的缝隙中响了一下。机灵的小吴停住手，听了又听，看了又看，没有发现任何外来物，然后，盖上发动机包皮，走下了飞机。这时，飞行员迎面走了过来，吴增录亲热地打着招呼，准备把飞机交出去。就在这时，他发现自己的工作服袖口开了，仔细一看，心里不觉一怔："扣子怎么掉了？"吴增录懂得一个小小的扣子的丢失，对飞行训练会带来什么影响，不禁心里紧张起来。他定了定神，仔细回忆着扣子的下落：扣子究竟掉到哪里去了？联想刚才检查发动机时听到的"叮铃"声，越想越感到扣子掉进发动机里面的可能性很大。一个机械师在检查飞机时由于工作上的不小心，将外来物掉进机舱里，会直接影响飞行，受到领导和同志们的批评。吴增录又是刚刚接管代理机械师的工作，出现这种情况，领导和群众对他会有什么看法……吴增录没有去想这些。他在想："我们的责任是向人民负责，每句话，每个行动都要符合人民的利益，如果这个扣子真的掉在发动机里，不及时排除，把飞机放出去，国家财产和飞行员的生命会受到严重威胁。"吴增录越想心里越是焦急不安，他急忙找到中队长，如实地报告了这一情况，并建议在飞机上查找脱落的扣子。领导表扬了他这种敢于负责的精神，决定这架飞机停飞检查。吴增录重新打开飞机包皮，脸部贴近灼热的发动机，仔细查看每个机件的缝隙和角落。经过10多分钟的检查，终于在发动机主燃料泵内下侧发现了掉落的纽扣。

隐患排除了，飞行员又重新跨进座舱，小吴看到战鹰像离弦的箭射向蓝天，飞向远方，脸上露出了宽慰的笑容。

# 空中警察

同志，当你看到蓝蓝的天空一架架银燕展翅飞翔的时候，当飞行员带着完成任务的喜悦胜利返航，平稳地着陆的时候，你可曾想到，为保障飞行安全和飞行训练顺利进行而不辞辛劳地奔忙的地面保障人员呢？而在地面保障人员的行列中，我们的航行调度员又是如何为飞行安全进行紧张工作的呢？

一架飞机，从起飞、运行到着陆，需要指挥员的正确指挥，飞行员的认真操作，地勤人员的精心维护，后勤人员的牵引、加油、启动、供氧等，但仅是这样还不能达到飞行安全的目的。像我们干其他工作一样，飞机在天空，需要有秩序地、严格地按照自己的航线运行。天空固然浩大，但我国机场星罗棋布，每天空中各种飞机穿梭来往，而飞机又必须按照规定的航线、区域、轨迹飞行，有时也会出现"交通拥挤"的现象，特别是机场密度较大的地区，飞机往往会在同一时刻、同一航线、同一高度中相遇，而且还常常遇到各种"过航机"。为了解决这个矛盾，无论在我国还是在其他国家，都设有航行调度机构，它是空军飞行组织指挥的一部分，其主要任务是：负责具体组织与实施飞行管制，调度飞行活动，维护飞行秩序，防止飞行冲突，保证各种飞行的顺利实施和飞行安全。因此，人们称之为"空中警察"。它的工作紧紧地系着飞机和飞行员的生命安全。

空军航空兵某场站调度员、共产党员林振行同志深知自己的责任重大。他从1975年入伍被分配到调度后，就抓紧点滴时间刻苦钻研本职业务，利用平时的中午、晚上和大部分星期天、节假日时间，自学了飞行指挥、领航学、气象天气分析、全国机场资料等10多种与本职业务有关的知识，摘录了40多万字的自学心得笔记，成为调度室的主要技术骨干，在去年底上级组织的综合业务考核中，以平均98.5分的成绩取得了第一名。

在工作中，林振行更是认真负责，一丝不苟。他经常对战友们说："我们干飞行调度的，手里捏着飞行员的生命，如果我们的工作稍出差错，就会给国家财产造成重大损失，严重影响飞行员的生命安全。"因此，他在值班、训练中，总是专心致志，他给自己立了一条规定：一、在任何情况下，任何时候，工作中决不能出差错；二、别人工作中的差错，自己值班时没有发现，也是自己的差错。凭着这种高度的政治责任心和工作责任感，他自入伍后，工作中从未发生过错、忘、漏的现象，并弥补了别人工作中的一些漏洞。

一次，小林正在工作房值班，他刚打开机器指挥本场一架飞机转场，突然听到无线电波的噪音里，微弱地响着"黄海、黄海"的呼喊声。

"这是怎么回事？上级调度部门没有通报，天空怎么还有飞机盘旋呢？"机警的小林立即意识到可能是上级忘了通报的一架过航机，他马上与飞行员通话，了解到这架飞机是经本场飞往北京的。于是，他立即与上级有关部门取得联系，尔后，又电话通知正在本场附近训练的高炮部队停止射击，准确地指挥这架飞机安全到达目的地，避免了一次可能发生的意外的飞行事故。

# 导弹跨海

## ——地空导弹部队训练生活之一

海湾，巨浪奔腾，雨雾弥漫。

码头上，6艘登陆艇载着6枚银灰色的导弹在波峰浪谷中颠簸摇曳。转瞬间，它们就要启航跨海了。

一个月前，上级领导机关命令这支部队移防到某岛上，执行战备任务。常言道，说起来容易，做起来难。地空导弹是现代化装备，结构繁杂，仪表娇贵，平地行军也得谨慎三分。现在，要让各种满载重型兵器的车辆，经过礁丛泥滩，沿着只有二十几厘米宽的渡板，开上晃动得像摇篮一样的登陆艇，不偏不斜地停置在"Ω"形的艇甲板上，这，就全凭司机的"一锤子买卖"了。

你看，导弹运输车司机吴天乐，紧握方向盘，两眼注视着前方。沿着渡板，缓缓地向前驶进。1辆、2辆……前5辆都不偏不斜地停住了。第六辆装载导弹的车就要上艇了。不料，老天爷骤然变了脸。浓云从四面涌上了头顶。七八级大风从海峡对面席卷而来，海面上掀起了一人多高的浪峰。接着，雨随风至，霎时间，雨雾沉沉，整个海湾像蒙上了一层铅色帷幕，几乎连眼前的东西也看不清了。"这鬼天气，真差劲！"指战员们一个个心急火燎。这时，离退潮的时间只有一个小时了。如果在这一个小时内，导弹不能装上艇，到对岸的岛屿卸下，等潮水一退，非但登陆艇要搁浅在海滩上，更重要的是，不能按照上级规定的时间到达目的地，耽误战备。怎么办？能及时渡海吗？人们的心一下子提到了嗓子眼上。几百双寄予希望的目光又集中到了司机吴天乐的身上。

小吴开车6年。掌握了一套娴熟的驾驶技术，连年被评为"红旗车驾驶员"，人们称他是"一号种子选手"。接到跨海的命令后，部队党委研究决定让他担任主角。可是，事不凑巧，小吴从小生长在内地。第一次来到海边，他听到海浪就心慌，走上摇摆的舰艇就呕吐，是个叫人头痛的"见海晕"。接受任务后，为了适应海上工作，他特意来到海湾练胆子，站在礁石上观看浪潮，爬上木船在一丈多高的海浪里摇晃。呕吐、头晕，他全然不顾。经过多次折腾，硬是闯过了心慌、头晕关。为了完成好这次任务，小吴还进行了模拟驾驶训练。为适应变化多端的气候，他常趁凌晨和傍晚的迷蒙的天气练。不久，小吴便练就了一套驾车"走钢丝"的本领。

"上！"只见他把手一挥，拨开人群，钻进了驾驶室。"打开车灯，左拐，好，向前。"罗营长在一旁指挥。汽车开到码头和登陆艇连接处。这时，风越刮越猛，浪越来越大，登陆艇像打秋千一样晃动不停。"下水！扶住舵板。"随着罗营长的一声口令，百十名干部战士分成两路。"扑通扑通"地跳进了齐腰深的海水里，组成了两道人墙。"继续上！舵板打滑，小心陷进舷沟。""明白。"小吴全神贯注，驾驶汽车在渡板上缓缓行驶。突然，一阵狂风推着巨浪，登陆艇险些来了个趔趄。说时迟，那时快，"嗤！"小吴一个急刹车，汽车安然无恙地停置在舰艇渡板上。终于比原来预计的时间提前11分钟把全部导弹装上了登陆舰。

"同志们，注意，现在出航！"随着罗营长的一声令下，6枚银灰色的导弹乘坐6艘登陆艇，排成威武雄壮的阵容，迎风破浪，呼啸着向海岛驶去……

# 导弹即将腾空

## ——地空导弹部队训练生活之二

西北某靶场上，天线徐转，机声隆隆，"C"字形的黄土窝里，3枚浅蓝色的导弹已昂首挺立。

3号指挥车里，营长孙德忠已接到各连报告："功能检查完毕，兵器良好，可以投入战斗！"方位角和距离的操纵员也都分别报告了3个"目标"的密位和距离。

就只差高低角数据了！现在，时间还有20秒钟，如果在这20秒钟之内报不出来，或报出来的数据不准确，"目标"就会超越导弹的射程或导弹偏离"目标"而自行爆炸，其后果……孙营长此时急得额上直冒汗，心里道："这小子，要砸锅啦！"

高低角操纵员叫李进。此刻，他两眼紧紧盯着荧光屏，"稳住，稳住，找到最佳值。"他在心里给自己打气：部队从万里之外赶来打靶，这一举实在非同小可啊！

导弹打靶，操纵员是关键人物。尤其是这次在未知条件下打手控跟踪，操纵高低角的又是关键的关键，全营的"命运"几乎系在他一人身上，人称"决定命运的人"。

小李是1983年入伍的，在地空导弹部队还算是个新兵。他机灵，好学，是连队的技术尖子，但参加实弹打靶还是第一次。这次营里让他唱主角，他知道这副担子的分量。你看，他坐在荧光屏前，双手紧握手轮，正在全神贯注地搜索目标……

"怎么样！"孙营长真有点等不及了。"稍等，到最佳值再报。"小李简短地回答。怎么回事？人们弄不明白，这个平时以"火性子"闻名的李进，此刻怎么这样沉得住气。

"文章"就在这里！小李入伍后，被分配当高低角操纵员。起初，他曾吃过不少"沉不住气"的亏：训练时，听到别人报出了"目标"数据，自己还没有找到准确数据就急于报出，曾经受过批评，为了加强这方面的锻炼，他读《普通心理学》《青年心理学》，根据书上提供的方法，有意识地进行"心理训练"。

能沉住气是最好的灵丹！技术上每次考核都是优秀的小李，此刻正牢记着这句名言。

"报告，发现3批目标，高度……"随着小李从容不迫地报告，孙营长一声令下："放！""轰隆！轰隆！轰隆！"3声巨响，导弹吐着圆柱形的火舌，直刺蓝天。即刻，飘忽在远方的3个目标消失了。"打中啰！打中啰！3发都打中啰！"人们在阵地上欢呼、跳跃，激动中大家唱起了《导弹兵之歌》：

颗颗导弹像利箭刺向太空，

发射架上飞出一条火龙，

导弹腾空，威力无穷，

跟踪目标发发都命中，

地空战士显神通，

保卫祖国立战功……

# 军列在前进
## ——地空导弹部队训练生活之三

满载各种重型兵器和特种车辆的军列，徐徐驶出了赣中某火车站。

"铿锵、铿锵……"军列发出很有节奏的"铿锵"声，日夜兼程，在广袤的大地上飞奔：跨长江、越黄河、穿城镇、钻隧洞，不知不觉中已驶入了浩瀚的草原……

军列载着的是一支地空导弹部队。他们奉上级命令，奔赴西北某地"参战"，配合我航空兵部队，抗击敌机轰炸。当军列行至黄河桥时，团长王乃初接到上级通报："'敌人'大批轰炸机已侵入我西北地区，你部在S市附近选择阵地，作好战斗准备。"

"我×，任务怎么变了！"王团长看完通报，脱口说了这么一句。随即召集指挥所人员研究，之后，又对部队进行了简短的动员，并派出先遣队与导弹某部联系，领受任务，观察阵地。

可是，军列还未到S市，兵站军代表传来上级电话命令："按原计划行动。"

"又变了？"王团长脸上掠过一丝严肃的笑容，心里说道，"真是计划赶不上变化，变化赶不上电话啊！"

军列继续向前奔驰。

现在是第四天。天还没有放亮，繁星疲倦地眨巴着，残月放出苍白的微光。几昼夜的铁路行军，加上天气炎热，气候干燥，水量供应不足，坐在闷罐车里的指战员们已经感到很疲劳了，但急切的求战心情仍使他们没有睡意，大家围坐在一起，七嘴八舌地议论开了："草原一过就是沙漠了，怎么还没有动静？"

"唉，不要急嘛，这是首长的策略。仗，有的打的。"

"我说同志哥呀，真的打起来，你可要沉住气哟，到时一紧张，握摇轮的手一哆嗦，别把咱们自己的飞机打下啰。"

"哈哈……"

正在大家议论的当儿，电话广播里传来了营参谋长王廷占一字一顿的声音："各车厢注意，上级通报：'敌人'出动3架轰炸机向我军列方向袭来。王团长命令：停止前进，熄灭灯火，全体人员先伪装列车，尔后疏散。"

话音刚落，指战员们纷纷跳下列车，有的覆盖伪装网，有的采来树枝。不一会儿，一座绿色的城墙耸立在草原上。紧接着，指战员们疏散而去。约莫过了一刻钟，远方的上空传来几声"轰隆"，原来"敌"机被我歼击机击落。很快，部队恢复了常态，军列继续西行。军列穿过了草原，在广阔无垠的沙漠上行驶，再有200公里就要到达目的地了。不料，铁路局通报：前面铁路地段多处被"敌"机炸毁，不能通行。

"我×，真他妈的活见鬼。"王团长有点急了。怎么办？倒回去改走其他线路，时间来不及了；就地卸载，附近又都是小站，没有装卸站台，即使卸载了，沙漠之地，连板车都推不动，怎能摩托行军？

"赶紧向上级报告并与军代表和地方政府联系，组织抢修铁路。"王团长吩咐柳营长和王参谋长后，又对参谋命令说，"部队紧急集合。"即刻，指战员们列队跑过来了。

王团长站在队伍前面，说："同志们，上级命令我们黄昏前到达目的地，现在'敌'机炸毁铁路，行军受阻。我们的任务就是配合铁路工人，以最快的速度抢修铁路。同志们，有没有信心？"

“有！”指战员们使出吃奶的劲头，齐声回答。

“好，开始分头干！”说完，大家和工人一起抬枕木、垫沙石、铺铁轨，3小时后，被‘敌’机炸毁的铁路修好了。

“立即集合！”“发车！”王团长发出命令。

“呜……”汽笛一声长鸣，军列喷射着浓烟，风驰电掣般向前方冲去……

**图书在版编目（CIP）数据**

写在雪地的脚印里 / 徐景权著. –– 南昌：百花洲文艺出版社，2014.12
ISBN 978-7-5500-1143-4

Ⅰ. ①写… Ⅱ. ①徐… Ⅲ. ①中国文学 – 当代文学 – 作品综合集 Ⅳ. ①
I217.2

中国版本图书馆CIP数据核字(2014)第258915号

## 写在雪地的脚印里

徐景权　著

| | | |
|---|---|---|
| 出 版 人 | 姚雪雪 | |
| 责任编辑 | 余 茁　王丰林 | |
| 书籍装帧 | 彭 威 | |
| 制 作 | 周璐敏 | |
| 出版发行 | 百花洲文艺出版社 | |
| 社 址 | 南昌市红谷滩新区世贸路898号博能中心9楼 | |
| 邮 编 | 330038 | |
| 经 销 | 全国新华书店 | |
| 印 刷 | 江西华奥印务有限责任公司 | |
| 开 本 | 850mm×1168mm 1/16 | 印张 16.5 |
| 版 次 | 2015年1月第1版第1次印刷 | |
| 字 数 | 150千字 | |
| 书 号 | ISBN 978-7-5500-1143-4 | |
| 定 价 | 28.00元 | |

赣版权登字　05-2014-257
邮购联系　0791-86895108
网 址 http://www.bhzwy.com
图书若有印装错误，影响阅读，可向承印厂联系调换。